世界少年经典文学丛书

蓝　箭

[意]罗大里　著

曹玉麟　编译

中国出版集团　现代出版社

图书在版编目（CIP）数据

蓝箭／（意）罗大里著；曹玉麟编译. —北京：现代出版社，2013.2
ISBN 978 - 7 - 5143 - 1283 - 6

Ⅰ．①蓝…　Ⅱ．①罗…②曹…　Ⅲ．①童话 - 意大利 - 现代 - 缩写
Ⅳ．①I546.88

中国版本图书馆 CIP 数据核字（2013）第 021823 号

作　　者	罗大里
责任编辑	刘　刚
出版发行	现代出版社
通讯地址	北京市安定门外安华里 504 号
邮政编码	100011
电　　话	010 - 64267325　64245264（传真）
网　　址	www. xdcbs. com
电子邮箱	xiandai@ cnpitc. com. cn
印　　刷	三河市嵩川印刷有限公司
开　　本	700mm×1000mm　1/16
印　　张	9
版　　次	2013 年 2 月第 1 版　2021 年 8 月第 3 次印刷
书　　号	ISBN 978 - 7 - 5143 - 1283 - 6
定　　价	29.80 元

序　言

孩子是未来的希望，是父母心中的天使，是充满快乐的精灵。小学阶段更是孩子最快乐的时光，是孩子成长发育的黄金阶段。为了让孩子学习更多的课外知识，享受更加丰富的学习乐趣，我们策划了本丛书！

从小让孩子多读课外书，对培养孩子健康的心态和正确的人生观无疑将起着非常重要的作用。自《语文课程标准》公布以来，不少富有敬业精神、有才干的教师，在他们的教学中，担当起阅读教育的重担。他们在严谨的选材中，利用丰富的文学资源，向学生推荐了大量优秀的课外读物，实施了以"练成阅读和作文的熟练技能"为重要内容的阅读教育。大千世界充满了丰富的知识。阅读能丰富小学生的语文知识，增强阅读能力，提高写作水平，开阔视野，增长智慧。阅读本丛书，能够使孩子享受到阅读的快乐，激发起更浓厚的阅读兴趣，孩子的生活将充满新的活力与幸福！本丛书精选了世界名著和中国经典书目中流传最广、影响最大、最脍炙人口的作品，是培养小学生理解能力、记忆能力、创造能力的最佳课外读物。

最后需要指出的是，本丛书把世界上流传甚广的经典童话、寓言等也尽收其中，并将这些文学作品重新编写审订，使作品在不影响原著的基础上更适合少年儿童阅读，在丰富他们课余生活的同时提高语言和文字表达能力。本丛书通过科学简明的体例、丰富精美的图片等有机结合，使小读者不仅能直观地领略作品的精髓，而且还能获得更为广阔的文化视野和愉快体验。希望本丛书能成为孩子生活的一缕阳光照亮孩子前进的道路，能成为一丝雨露滋润孩子纯净的心灵。

编　者

目 录

蓝箭

魔术师卡卢

吉普在电视机里

蓝箭

贝发娜商店

　　贝发娜是位很有名气的贵妇，差一点儿她就成了男爵夫人。以前，她在主显节上是一个专门给小孩们分发礼物的老妇人。现在她在城市里经营了一个玩具店。

　　"人们，竟敢直呼我贝发娜，"有时她自言自语地嘟哝着，"我也并不介意，对无知的人总是该宽容吧。而我差点儿成为了男爵夫人，幸好，这一点人们还都知道。"

　　"是的，尊敬的男爵夫人。"女仆特雷萨为了投其所好，认可地说道。

　　"虽然我不完完全全是个男爵夫人，还差一点儿，而这差别根本连看都看不见。谁能看见呢?"

　　"没有谁能看见，男爵夫人。"

　　这是个主显节的早晨。一整晚，贝发娜和她的女仆飞越屋顶和烟囱不停地为人们带来礼物。她们的衣服上还依旧挂着雪花和冰霜呢。

　　"把炉子点着吧，"贝发娜说到，"这样我们就可以把身上的衣服烘干了。一会儿再把扫帚放回到原处去，估计差不多要有很长时间用不着它了。"

　　特雷萨将扫帚放在了经常放的那个小角落里，然后自言自语地说:

　　"其实坐着扫帚飞来飞去倒是不错。可现在却有了新式的飞机和火箭，这些玩意到现在我也没有看出它们有什么真正的用处呐。唷，我已经开始感冒啦，那我就只好自己忍着了。"

"帮我准备一服甘菊。"贝发娜一面戴上眼镜，一面在写字台前的黑皮旧安乐椅上坐下去，一面吩咐道。

"男爵夫人，这就给您端上来。"女仆用她老鼠似的声音小心地说着。贝发娜满意地看了她两眼。

她想："虽然稍微有点粗鲁，但还算懂得礼貌规矩，也知道和我这样近乎是男爵夫人的太太一起该如何做事。我将向她许诺给她增加工资。然后嘛，当然啦，不会立刻加给她的。至少在最近这一段时间里，条件还是差那么一点。"

贝发娜舒了一口气后，就开始认认真真地看起她的账本来。

"好吧，我们先查看一下。今年，业务上是无利可图，钱也不多。至于礼物，众所周知的是，谁都想要漂亮的礼物。当然啰，如果提到付钱的话，那就是另外一回事。可人们都只是让在账本上记上一笔，贝发娜看起来倒像是个卖香肠的，于是呢，事情往往最后就这样算了……既然商店里的玩具已经被我送光了，那么今天就得从仓库里另拿一些玩具上来。"

她合上了账本，开始翻阅那天上午转了一圈回来时，从信箱中拿到的几封信。

"看，在这儿呢，"她嘟哝着，"我应该早就料到了：我顶着北风，冒着刺骨的严寒，而他们却从来都不满意。看这个人，还不愿意要木头佩刀，还要起手枪来了！他到底知不知道一把手枪价值 1000 多个里拉？另一个人硬要一架飞机，真是的！他父亲一共才有三百个里拉。就这点钱，我能送他什么呢？"

贝发娜气愤地把信扔进了抽屉，取下眼镜，然后喊：

"那甘菊行了吗，特雷萨？"

"马上就好，马上就好，男爵夫人。"

"你放一些糖酒在里面吗？"

"我放了整两小匙呐。"

"太多了点，放一匙半就够了。我现在才明白为什么瓶子那么快就要空了。要知道，我们才买了四年哩。"

贝发娜啜着滚烫的甘菊也没有被烫伤，这只有像她这样的老太太才做得到。她在她的小"王国"里踱来踱去，用眼睛瞟瞟这儿，瞅瞅那儿，仔细地检查着厨房的每一块区域，查看着店铺后房、小商店和那个通到去一层的木梯，那里有个卧室。

商店的吊门被放了下来，橱窗里是空空的，而书架上则是堆满了粗糙的、空空如也的大纸盒。整个商店看起来很凄凉。

"快点准备好仓库的钥匙和蜡烛，"贝发娜说，"我要搬另外的一些东西上来。"

"男爵夫人，今天是您的节日，难道您也要继续工作？"

"难道人们在节日里就不吃饭了吗？"

"如今，贝发娜忙碌的日子已经过去了。"

"是啊，但是新的日子对于贝发娜来说也只不过差 365 个日子了。"

也许这样会更好些，说明了店铺一整年都是开着的，橱窗里也总是灯火辉煌，这样孩子们就会有更多的时间想要这个玩具，或是想要那个玩具了。而他们的父母呢，也就会有充足的时间来计算，好作安排。

不仅如此，值得高兴的是每天都会有很多孩子过生日，谁都清楚，孩子们无论谁都把生日看作是获得礼物的最好的机会。

现在我们弄明白了，从这个一月六号到下一个一月六号贝发娜做什么来着：原来是她一直在她的小店里，躲在橱窗后面，偷偷地观察着人们，首先关心的是孩子们喜欢什么礼物。她很快就能知道一个新玩具是不是能获得成功。如果没有人喜欢，她就会把它从橱窗里撤下来，然后用另一种代替它。

对于最新式的玩具她有特殊的敏感性，没有几年，她的橱窗越来越像一个空间站了。当然啦，也有一些始终不被淘汰的玩具，例如洋娃娃。贝发娜知道得很清楚，当女孩子们奔去月球的时候，也不会丢下她们的老式玩具——洋娃娃随身带去。

蓝　箭

所谓的仓库是一个地窖，就在店铺下面。为了把新的玩具摆到橱窗里或书架上，贝发娜和特雷萨上下楼梯就至少20个来回。

第三个来回时，特雷萨就开始感到累了。

"男爵夫人，"她停在台阶的中段，从双臂抱着的、里面包着洋娃娃的大包袱后面伸出头来说："夫人，我心跳得很厉害。"

"谢天谢地，我亲爱的，真是谢天谢地，"贝发娜说，"幸好你的心是跳着的，要不你就死了。"

"我两腿非常酸痛，男爵夫人。"

"那就先把它放在厨房里，好好歇一歇，先别再搬了。"

"男爵夫人，我真是没有一点力气了。"

"我亲爱的，我可没有偷你的力气，我自己的还充裕着哩。"

这是真的，我从来也看不出贝发娜会累。别看她这么大年纪了，可爬起台阶来，有时还能用舞蹈中的动作轻巧地跳上去，像是在脚下装上了个弹簧似的，并且还在不断地算数。

"这些北美印第安土人，每个人都能让我获利至少200个里拉，没准儿还可能300个呢！如今，印第安土人可是最时髦的人了。这列火车真算是一大奇物。我一定要为它洗礼，取名为蓝箭。如果到明天仍没有孩子们跑过来看它，我就不想再出售它了。"

"蓝箭"是一列华丽的玩具火车，配备着一捆轨道，如果把它们全部铺开，可以绕广场一圈，还有双车道的隧道、一间扳道工房、一个由司机、站长和戴眼镜的列车长构成的车站。因为这几个月以来一直被扔在仓库里，电火车已被蒙上了一层灰尘。贝发挪用一块破布把它擦得焕然一新，使它锃光发亮，蓝得像清澈的湖水。整列火车都是蓝色的，就连站长、司机和列车长也无例外。

当贝发娜帮火车司机擦掉了蒙在他眼睛上的灰尘以后，他往四下看了看，然后感慨地说：

"如今看得清了。这时我还以为一直是被堵在隧道里呢。这下好了，什么时候出发呢？我已经准备好了。"

"别急，别急，"列车长一边用手帕擦着眼镜，一边阻止说，"我没下命令谁也不能走。"

"你最好还是先数一数你帽子上的杠杠有几条吧，"第三个声音响了起来，"然后再看清楚谁才是这里的指挥。"

于是列车长数了数自己头上的杠杠，是四道，又数了数站长的，是五道。他只好叹了一口气，把眼镜重新又戴上，呆在一边不吭声了。站长沿着橱窗踱来踱去，摇晃着带信号灯的棍子，信号灯是用来发出开车信号的。车站的空地上，排列着整齐的铅弹特种步兵团，特种兵队伍前面是一名上校和军乐队。靠右边是一个整个的炮队，一名将军已经做好下达开火命令的准备了。

车站后面是一片绿色的平原，被几座怪异的，看起来就像是从甜面包上切下来的山截断了。在平原上，印第安人围着他们的头头"银笔"安营扎寨。这时候，从山顶上飞奔来一批骑马的牧童，他们都已做好了随时抛掷套马索的准备。

车站上方，空中盘旋着一架飞机。飞行员正从机身里探出头来到处张望。必须强调：那只是一个坐着的飞行员，不能站立，因为制作者就是这样做的，如果对他喊起立，他是不能站起来的，因为他没有腿的，所以就称他"坐着的飞行员"。飞机上挂着一只红色的鸟笼，笼子里有一只金丝雀，它的名字正如其样子叫黄色的金丝雀。如果谁让鸟笼摆动起来，它就会唧唧而鸣，像唱歌一样，非常好听。

橱窗里还可看见一打形状各样的洋娃娃，一只黄熊，一条叫做斯毕乔拉的布狗，一盒积木，一盒彩色铅笔，一个有三个木偶的迷你戏台，还有一条有双桅杆的船。船长在司令台上正神经质地踱着步。因为粗心，他们只在他脸上画了一半胡子，他不得不想办法让别人看不到他没有胡子的那一边，以免出丑。

站长和"半脸胡"船长都假装互相没有看见，各方暗自瞪了对方一眼就侧着身穿过去了。谁都知道，他们俩是因为相互嫉妒，为了争夺橱窗里的最高指挥权，很可能已到了决斗的地步了。

而在洋娃娃中也已形成了两个派别：一派支持站长，另一派看重"半脸胡"。只有一个小黑布娃娃，她的眼睛却比牛奶还要白，她只看着"坐着的飞行员"，根本不看别的人。

那条布狗，从各方面来讲，不管它多么想摇尾巴，想叫，又多么想高兴地跳一跳，但是前边这三样它哪样都不能做。为了不得罪这两派，它不希望只选一个主人，因此就只好静静地悄悄呆在那儿，神情有点惶恐。它的名字用红笔写在颈圈上了：斯毕乔拉，叫这个名字的原因是因为它很小吗？

之后发生的一些事情，让大家忘掉了敌对和嫉妒。贝发娜拉起吊门，太阳就如金色的瀑布冲进了橱窗，这让大家都非常惊恐，因为在这之前，没有谁见过阳光。

"天啊！""半脸胡"船长嚷了起来，"这旋风般的东西是什么？"

"救命啊！救命啊！"洋娃娃们都吱吱呀呀地叫喊了起来，其中有一个竟晕倒在另一个身上。将军马上让大炮对准了敌人方位，准备打退任何形式的进攻。只有银笔没有着急，他从口中取下长烟杆，这神态只有在重大时刻才会看见，然后他说：

"纯洁的玩具们，不需要害怕。伟大的太阳神要光临了，他是朋友，是友好的使者。你们看看，因为太阳来到这里，广场上的气氛看起来是多么快乐啊！"

大伙儿不约而同地向橱窗外望去。真的！广场上闪闪发光，就像每样东西都在笑。屋顶上的雪也好像变得热辣辣的了，一股暖流穿过沾满灰尘的玻璃进入了橱窗。

"天啊，真奇妙！""半脸胡"还在嘟哝着，"不过我可是一条海狼，而不是什么太阳狼。"

娃娃们友好地交谈着，毫无疑问他们都被阳光晒黑了。

橱窗前面站着一个影子，有人不希望让阳光过来，影子落在了司机身上，他非常不高兴地说：

"瞧，偏偏是我倒霉，大家都暖暖的，只有我不暖和。"

为了弄清楚那个令人讨厌的影子究竟是什么，司机敏锐的眼睛一直盯着那里。他的眼睛早已在长途旅行中逐渐养成了习惯，能一连几个小时盯着轨道一动不动。盯着盯着，他的眼睛就和另一双睁开的、大得就像窗子似的眼睛相遇了。透过睁开的眼睛，可以看到里面的世界，就像透过没有窗帘的玻璃窗能看清一间房子里面的摆设一样。而在里面，只有沉痛的悲哀。

蓝箭的司机心想："奇怪呀，我经常听说孩子们都是快乐的，一天到晚只知道玩笑，蹦蹦跳跳。我怎么看不出这一个有一点快乐的样子？人们对他做什么啦？"

这个悲伤的孩子在那里发呆了好久，两只眼一直盯着橱窗里。不过谁都不知道他是不是真的看见了他所想看的东西了？事实上，他两眼里充满了泪水，有时一大滴眼泪划过面颊，在鼻子旁或嘴唇上淌成一根线。橱窗里所有居民都屏住了呼吸，像这样的事情，他们从来都没见过，这使他们很惊奇。

"天啊，""半脸胡"船长嘟哝着，"我得把这件事件写在报纸边上。"

那孩子终于用他那破上衣袖子拭干了眼泪，向着店铺的门走去。他将手放在门把上试着推开门。

大家都听到了一只铃的沙哑的声音，这声音既像是啼哭又像是呼叫着救命。

方齐谷

女佣人呼喊着："男爵夫人，有人在店里。"

贝发娜此时正在楼上卧室里梳理头发，听见喊声，就一边立即快步下楼来，一边用嘴里叼着的发钗别住头发。

她嘟哝着说："会是谁呢，为什么不关门呢？我没有听见铃声啊，但是我感受到了一股气流。"

她想使自己显得愈加神气些，就重新架上了眼镜，然后蹑手蹑脚地走进店内，就像具备真正的男爵夫人风度那样，尤其是像那些自以为是男爵夫人的女人们那样。可是当她一眼看见一个衣衫破旧的孩子站在她面前时，两只手还在不停地拨弄着一顶蓝色破帽时，她立刻明白这不是一件该客气的事情。

"嗯，怎么啦？有什么事吗？"她用十分不耐烦的口气问道，好像是在说，"你别再啰嗦了，我没有闲功夫理你。"

那孩子自言自语地说："是这样的……夫人……"

橱窗里有很多的耳朵，可是谁都没有能听清楚他在说些什么。

列车长悄悄地问："他说什么呢？"

"嘶……"站长说，"你们别嚷嚷。"

这时贝发娜叫了起来："我的孩子，时间是十分宝贵的，所以还是算了吧，要不你就给我写封信。现在让我先安静一下。"从声音可以听得出她已经不耐烦了，就像她每次都必须和对自己的贵族头衔一无所知的百姓说话时一般。

"给，夫人，我已经写完了。"那孩子为了不会丧失勇气，就一口气说了所有的话。

"啊，是吗？这是什么时候写的？"

"差不多一个多月以前吧。"

"好吧，现在就给我看看。你叫什么名字呢？"

"方齐谷。"

"家住哪？"

"加里波地大街 18 号。"

"好……方齐，方齐……好好，方齐谷。说得很正确，23 天以前，你确实给我写过一封信，希望我送你一列电动火车。为什么又只是一列火车呢？你还可以再向我要求一架飞机，或者一个可驾驶的气球，或者星际飞船的。"

"可我就是只喜欢火车，贝发娜夫人。"

"好可爱啊，他，喜欢火车……那么你听好：收到你的信之后的第三天，你的母亲就来过这里了。"

"是的，是我让她来的。我跟她说了好半天呢，我说：'去吧，上贝发娜那儿吧，她那儿好，不会拒绝的'。"

"根据你的尺度和标准，我是不坏也不好的一个人。我做我的工作，总不能白做。你母亲没钱付款，却想用一只旧表来换我的火车，可我又不想要任何表，因为一看，我就会觉得它们让时间过得太快了。我记得她还应该付给我去年的一匹小瘦马和两年前的那个旋陀螺的钱呢。这些你清楚吗？"

不清楚，那孩子不会知道这件事的。因为当妈妈的不会向孩子们说出自己的伤心往事。

"知道了吧，这就是你今年为什么什么都没有得到的原因。听懂了吗？你认为我的话说得有道理吗？"

"是的，夫人，您说的有道理。我还以为您忘了我的地址了呢。"方齐谷小声地说道。

"不会忘记的，相反，我倒记得非常清楚。看到了吗？我把它记在这里了。过几天，我就吩咐我的秘书去收前几年里你欠我的玩具钱。"

正在偷听的老仆人一听到说"我的秘书"，不知为何竟晕过去了，只有喝上半杯水才可以恢复正常呼吸。

"我真是深感荣幸，男爵夫人。"当那孩子离开了以后，她就对她的主人说。

贝发娜不耐烦地嘟哝："行了，哎，行了。对了，过一会儿你在门上挂个牌子，写上'内部有盘点，明天营业'。这样的话，别人就不会来了。

"把吊门也要放下来吗？"

"放下吧，这样会更好些。完了，今天的买卖也就算吹啦。"

特雷萨跑去执行命令了。方齐谷还愣在那儿，把鼻子贴在橱窗玻璃上，没人知道他在等什么。放下来的吊门差点压到他的脑袋。方齐谷把额头靠在满是尘土的金属板上伤心地哭泣着。

这哭泣声在橱窗里产生的影响可非同小可：差不多谁都没有察觉，洋娃娃们也一个接着一个地开始哭泣了，而且愈加厉害，以至于"半脸胡"船长嘲笑她们说：

"猴子！看她们学哭学得有多像啊。"他朝栏杆外吐了一口唾沫，又说道：

"猴子。"

随后就是一片安静。现在，那孩子的哭泣声渐渐听不见了，能听到的只是他越去越远的伤心的脚步声。多么凄凉的脚步声啊，脚步声越去越远了，一点一点地消散了。

这时，"半脸胡"船长又往栏杆外吐了一口唾沫，然后冷笑着说：

"天啊，为了一列火车值得这样哭吗！要是我呀！即使把全世界所有的火车都给我，我也决不愿意把我的船交换出去。"

大头银笔就像每次为了说话而要先做的那样从口中取下烟斗，然后说：

"半脸胡'船长没有说实话。因为那个可怜的小白狗发现他也很激动。"

"你说谁，什么？我？请问什么是激动呀？谁能告诉我呀?"

"就是说一边脸哭一边脸害羞呗。"

当他一转过身，"半脸胡"就被看得更清晰了：他的没有胡子的那一边脸真的哭过啦。可是他却大吼了起来：

"住嘴！你们这牧场上的臭小鸭。我可要下来了，一定把你们的毛拔个精光，让你们成为圣诞节的火鸡。"

不堪入耳的辱骂继续喷射了有好一会儿，以至将军竟然希望立即展开一场战争。他发出了大炮装弹的号令。而此时银笔又将烟斗叼在嘴里，不但不说话，反而平静地躺下了。

他睡觉时嘴里也总是叼着烟斗。

站长没有主见

　　一天后，方齐谷回到这儿来了，他用悲哀的眼睛盯着"蓝箭"看了好一会儿。之后没有一天不来的。有时只在这儿呆几分钟，然后头也不回地就匆匆离开了。有时竟连续好几个小时呆在这儿，将鼻子紧压在橱窗玻璃上，额前垂下一缕褐色头发。他也经常深情地看着别的玩具，但是谁都清楚，他执著喜爱着的是那辆奇特的电火车。站长、列车长和司机因而很得意，神气十足地环视四周，对他的频繁访问谁也没有奇怪。

　　橱窗里的全体居民都非常喜欢方齐谷。还有别的小孩子、大孩子跑来将鼻子贴着橱窗玻璃数玩具，不过橱窗里的居民们刚刚才注意到他们，所以并没有留意。相反，如果方齐谷比平常来得更晚一点，看他们一个个心神不定的样子：站长神经质地在轨道上上下下地踱步，还不时急切地看一眼他的手表；"半脸胡"不断地朝栏杆外啐唾沫；"坐着的飞行员"冒着掉下来的风险把头伸出了机体外；再看银笔，他竟然忘了抽一口烟，以致于烟斗里的烟火都灭了。

　　天天如此，月月如此，年年如此。

　　贝发娜每天都会收到很多信，面对这些信，她都很认真地一封一封读完，并且还做笔记，计算着数字。只是一旦来信多得不得了，光是拆信封就要花半天时间的时候，橱窗里的居民们就知道快到一月六号了。

　　好可怜的方齐谷！他那瘦瘦可爱的小脸蛋儿一天比一天悲伤忧郁了。得想办法为他做些什么才好呢！大家都盼望着"蓝箭"的站长想个主意，可他只知道将他的带有五道杠杠的帽子摘下来又戴上去，戴上去了又摘下来，要不就是看着他的脚尖出神，这在以前好像从来没有发生过。

斯毕乔拉的高见

反倒是布狗提出了个主意。

对于可怜的斯毕乔拉，从来都没有任何人注意过它，原因是因为：首先，谁也不知道它是属于哪一派的；其次，从来也没张过嘴，哪怕仅仅是打个呵欠。它很胆小，每次有什么想法从这只耳朵或通过另一只耳朵来到它的大脑里的时候，它总是静静地看着朋友们，提示它有事。再说又能和谁说上几句话呢？那些洋娃娃都是些高贵的夫人小姐，至少也算是小家碧玉，和一条既不属于马尔他狗，也不属于狮子狗，更不是什么矮脚猎犬的普通的狗说话有点太寒酸了；铅弹的特种士兵们倒是很想跟它搭个话，但是那些当官的一定不会允许他这样做的。总之，没有人去理会布狗都是有他们各自的原因的。再者，就光看它那弱无声音待在那儿的模样，你怎么知道它正在想些什么呢？看上去甚至连叫都不会呢！

这次还是这样，它刚想张嘴解释一下它的意见，谁知发出的声音阴阳怪气的，既不像猫叫，又不像猪叫，使得整个橱窗里发出了一片哄笑。

只有银笔没有笑，印第安人是从来都不随意笑的。待笑声结束后，他从口中取下烟斗说：

"先生们，我们大家都静静地听斯毕乔拉说话，狗儿们总是说得少想得多。谁要是想得多了，说起话来就会自有其道理。"

斯毕乔拉因为谦虚一直羞红到了尾巴尖的尖上，它清了清自己的嗓子，开始结结巴巴地说：

"那个孩子……方齐谷……你们觉得今年他能从贝发娜那里得到礼物吗？"

"我不这么想，她的母亲一直没露面，信也一直没有来一封，我一直很注意邮件。"站长肯定地说。

"我却不这么认为，我正是因方齐谷什么都得不到而想到了一个主意，我们给他来个出其不意，你们看如何？"斯毕乔拉接着说。

"唔，是吗，出其不意。"洋娃娃们都笑了，"说说怎么个出其不意？"

"别闹，安静，你们女人最好永远不要出声。""半脸胡"打雷似的叫着。

特种步兵团上校大叫着拔出宝剑："不得无礼，立刻停止争吵，要不我就杀了你们……"

"给我打一排炮！"炮队将军一边果断地命令，一边整顿炮队队形。

"抱歉，请你们别再乱哄哄的了，我在上面听不清你们在吵些什么，还是让狗说吧。"天空中传来了"坐着的飞行员"的高声喊叫。

当大家安静下来后，斯毕乔拉说："那好吧，我们既然知道他的名字，又知道他的住址，我们全都去他那儿吧！"

"到谁那儿去？"一个洋娃娃问道。

"到方齐谷那儿呀。"

大家安静了片刻，然后就热烈地展开了对这个问题的讨论，有人说着说着竟激动得大叫了起来，不愿意再听到别人的意见。

"啊，这简直就是造反！我是绝对不能允许发生这样的事情，大家都应该服从命令。"煞有介事的将军表示了反对。

"这代表着什么？"

"什么也不代表。应该要有纪律性嘛。"

"是不是说贝发娜命令我们去哪儿就去哪儿？要是这样的话，至少方齐谷在今年什么都得不到，他的名字已经被列入穷人名单里了……"

"天啊，真是不可思议啊……"

站长插嘴说："这该怎么办呢？我们只知道他的住址，可是不清楚从哪一条路走呀。"

"这事我已考虑过了，我能用嗅觉进行跟踪，你们知道的吧？"斯毕乔拉胆怯地细声说。

这次可不是闲谈，而是真的要做出重大的决定来了。大家全都眼巴巴地望着炮队将军。

他正在搔着下巴，在他的已列好的整齐战斗阵势的大炮面前来来回回踱着步。见大家看着他，过了一会儿，他斩钉截铁地说：

"好，那就这样定了。我将用部队掩护着你们前进。坦白地说，我也不太喜欢让人说是老贝发娜让我指挥着这支部队的。"

"万岁！"炮兵指战员们都高声欢呼着。

特种步兵团的军乐队开始领唱起一支庆祝死里逃生的欢快的进行曲，司机高兴得拉响了火车的汽笛，使得列车长赶紧跑过来向他嘘了一声，暗示他不要弄出声来。

出发的日子就定在那天晚上，主显节前夕。半夜时，料到贝发娜会来店里去补满放玩具的空篮子，那时她就会发现橱窗已经空空如也了。喏，事情就是那样，等着看热闹吧。

"好气人的集体逃逸事件！对这种怪事，谁清楚她的脸将会被气成什么模样，鬼才知道她的嘴里会喷出些什么来。""半脸胡"船长嘲笑着，一面又将身子探出船栏啐了一口口水。

出　发

开始碰到的问题是如何从商店里出来呢？非常不幸的是，积木总工程师已经排除了在十分结实的吊门上钻洞的可能性。

"至于这个问题我也已经想好了。"斯毕乔拉说着，但总避免不了面红耳赤。

大家都用佩服的眼光看着这条小布狗，这一天里，它一直在考虑着这个问题，一句话都没有说过。

"说吧，我们大家都听着呢。"

"那个仓库你们还记得吗？你们还记得在一个角落里曾堆搁一大堆大空纸盒吗？好，我曾经去过那里，在那堆盒子后面，我看见了墙上开了一个洞。在这堵墙后有个地窖，从那个地窖钻出去，就是一条又暗又窄的胡同，是专门为那些逃难的人准备的。"

"哎，你为什么会知道这么多的事呢？"

"我们狗都有个毛病，就是用鼻子到处乱嗅。偶尔这臭习惯还真是有点用。”

将军严肃地高声说：“这很好，不过我还没看出能使炮队通过台阶到仓库去的可行性。还有就是蓝箭，你们从未见过一列火车下台阶吧！”

“这会是第一次！我们将铁轨铺在台阶上不就可以了吗？”站长不耐烦地说。

银笔拿下嘴里的烟斗。这时全体鸦雀无声，静静地等候听他说话。

“白种人总爱吵架，怎么就把‘坐着的飞行员’忘掉了呢？”他说。

“您这句话是什么意思呀，大头头？”

“‘坐着的飞行员’能用飞机将所有的人都送过去啊！”

因为找不到别的可以到仓库里去的好主意，“坐着的飞行员”立刻兴高采烈地同意执行这个计划：

“没关系，只要10个来回，这次运送任务就能完成了。”

洋娃娃们一听说坐飞机，都特别快乐，还没有坐上呢，就都自个儿在心里想象着乘飞机远游的乐趣了。可是银笔给她们当头浇了一盆凉水，令她们大失所望：

“有腿的，就没有再安上翅膀的必要了。”

如此，所有有腿的都可以靠自己的双腿下去，而飞机呢，只用来运送炮队、船和车厢。

“半脸胡”船长从没有离开过他的栏杆，就算飞行时也是如此。这使得将军和站长都十分羡慕，因为当他们正在陡斜的台阶上一步步往下辛苦地走的时候，看见他恰好从头顶上空飞过去，那时，说不好他们该有多眼馋哩。

“半脸胡”还有一个坏毛病，就是他总喜欢吹嘘他自己所取得的成绩。这时，他更是抓住这次难得的机会向他们大大地夸耀了一番，同时“噗”一口把口水啐出了栏杆外，正好落在离他们鼻子一厘米的地方。

最后下台阶的是那个摩托车驾驶员，姓杂，名杂技。对于他来说，骑着摩托车冲下台阶就像喝一瓶汽水似的。

到现在还没有听到店铺里传来的任何响声。

“快来人哪，快来人哪！”贝发娜的女仆尖着嗓门大叫，“男爵夫人，快来抓贼啊，抓那个凶手！"

"怎么啦？出什么事啦？"这是贝发娜的声音。

"玩具都不见啦！橱窗已经空空的啦！"

"天啊！大慈大悲，请可怜可怜我吧！"

然而逃跑者并没有大发慈悲的意思：他们让总工程师把仓库大门插上闩，然后都向那个放有大空盒子的角落跑去。就在此时，他们听见两位老太太穿着拖鞋跑下台阶的声音，这声音直冲向关着的大门。

贝发娜大声叫唤："快，拿钥匙！"

"打不开，男爵夫人。"

"哦，他们从里面给插上了。好吧，在里面小偷是逃不出去的。我们只要坐在这儿，等着他们出来向我们投降就好了。"

贝发娜是个勇猛的老太太，不过这一次，她的勇气对她没有用处。逃犯们跟着熟悉通道的狗越过了空盒堆成的大山，然后一个接一个，从墙洞口穿越到旁边的地窖里。现在，蓝箭已习惯了跨越山岭了。列车长和站长挨着司机坐着，那几个最小的洋娃娃们已经走累了，就让她们上车厢里休息会儿。汽笛轻轻地鸣叫了一下，华丽的火车驶进了隧道。

船是最难办的，因为没有水。这难题由积木工人们给解决了。他们赶工造了一辆八轮大车，把船长和船放置在上面。

时间算得正好。当他们离开仓库时，正好贝发娜等得不耐烦了，就拿起锤子先把锁敲碎了，又把闩门的门闩弄断了，推门冲进了仓库。当然，进去后，她只能像一座石膏像一般呆呆地站着。

"这是怎么一回事？"她喃喃地说着，显然心里有点发毛了。

"没有一个人，男爵夫人。"女仆因为害怕而小声地说着，一面紧紧地抓住主人的裙子。

"我很清楚。不过那也用不着胆怯成这个样子呀。"

"我没害怕，男爵夫人。大概是地震的缘故吧。"

"蓝箭居然也不翼而飞了。"贝发娜伤心地轻声说，"消失得无影无踪，竟然没有留下一点痕迹，你说奇怪不奇怪。"

"有可能那些贼都是些鬼怪呐，男爵夫人……"

"可能是，但也可能不是，"贝发娜回答说，"但有一样事是肯定的，那就是你的确是一个地地道道的胆小鬼。"

黄熊从第一站下车

不久，意想不到的事在墙的另一边发生了。

将军第一个发出了警报。他这个人性情暴躁，一路上老是自找烦恼，自讨没趣。

他卷着胡子，用习惯的语气说："我的大炮要生锈啦。为了将它们擦亮，就应该有场小小的战争。可能只需一刻钟就够了……"

这是他很早就决定的想法，这想法像一个钉子钉在他的脑袋里一般。刚刚从墙的那边来到这里，将军抽出宝剑大声吆喝：

"注意，准备战斗！准备战斗！"

"什么情况？发生了什么事？"战士们相互询问着，到目前为止，他们还未发现任何异常现象。

"有敌人，你们没看见吗？都应该被碎尸万段！赶快！大炮装弹，准备开火！"

顿时所有人都忙得乱哄哄的。炮手们立即按照战斗秩序做好了准备。特种步兵团的士兵们也已经将子弹上膛，军官们一边以雷鸣般的声音指挥着自己的部队，一边还卷着胡子，这些动作就像从将军那儿看到的一样。

"我的天哪，好一个千军万马的战场！你们赶紧在我的船上架几门大炮，否则，他们会把我打沉的。""半脸胡"船长在船上居高临下闷雷似的喊着。

蓝箭司机摘下帽子挠挠脑袋，心想：

"我不明白他将要怎么个沉底法。依我看来，不就是脸盆里那一点水吗？"

站长严肃地看着他说：

"既然将军先生已经说了有敌人，那就一定有。你们对战争和敌人的事懂些什么?"

"我也确实看见了,我也确实看见了。""坐着的飞行员"一边在第一航线上盘旋着,一边大声高呼。

"你看见了什么?"

"看见敌人了呀,我跟你们讲我真的看见了。"

洋娃娃们被吓坏了一个个躲在蓝箭的车厢里不敢露面。玫瑰洋娃娃哭哭啼啼地说道:

"哎,夫人们,现在要打仗了,我的头发刚刚被电烫过,谁知道会要断送在什么地方呢?"

将军命令士兵擂了一阵鼓。

"你们都静下来,安静!"他急躁地说,"要不然谁都听不见我的命令了。"

正当要发出开火命令的时候,斯毕乔拉那难听的声音传了过来,事情就被这猪叫不像猪叫、猫叫不像猫叫的嘶哑声在半路给中断了。

"等一下,请发发慈悲等一下!"

"是谁?难道从开始到现在一直是狗在指挥部队?把它给我毙了!"将军命令道。

可是狗一点都不害怕:

"将军请息怒,希望您停止战斗行为,我向您保证,那个所谓的敌人根本就不是什么敌人啊。"

"嘿,这好啊,"将军讥笑地说,"现在狗也开始参与政治了。"

"不管怎样,请您再仔细看清楚,"斯毕乔拉毫无畏惧地继续说道,"我走到那附近瞧了一眼,那只是一个普通的小孩,一个躺着的小孩。"

"什么?一个小孩?"将军固执地说道,"一个小孩在战场上能干什么呢?"

"错就错在这儿了,将军先生,我们并不是处在战场上,现在我们正处在一个地窖里。您难道没有看见?先生们,女士们,请你们在附近绕一圈查看一下,我们正处在如我对你们说过的那个地窖里,从这儿出去以后,我们便可上路了。这里我尚且不明白的只有一件事情:地窖已经有人居住，在很远的那边亮着灯光，那附近有个吊床，吊床上有个孩子睡得正香甜。您不是想用大炮的声音把他吵醒吧？"

银笔又说话了，在这段时间里，他一直静静地吸烟：

"狗说得很有道理，我也只看见个小孩，并没有看见敌人。"

"这完完全全是个奸计。"将军看到由他发动的一场战争快要烟消云散了，但仍企图固执地进行狡辩，"敌人想用一个无辜的、手无寸铁的婴儿作掩护，从那里逃跑出去。"

但如今谁还愿意理他呀？甚至洋娃娃们也都一个个地从隐匿处走了出来，在地窖的那暗淡的光线中仔细查看。

"果真是个孩子嘛！"其中一个说。

"我确实看清了，是个满头金黄色头发的孩子。"第二个补充说道。

"是一个没有教养的孩子。"第三个用判断的口吻说，"你们有没有看见他将一个指头竟然放在嘴里就那样睡着了？"

大概地窖里住着一个贫穷的人家吧：在昏暗的灯光下，能大概地看到几件破烂的家具，一个草垫铺在了地上，一只边儿上掉了瓷的脸盆，一只已经熄灭了的小火炉，还有一张正睡着孩子的小吊床。他的父母一定是出去干活或者是要饭去了，只留下一个孩子在家。一盏还没有熄灭的小煤油灯搁在椅子上。他可能害怕独自一人处在黑暗中，也或许喜欢那个令人不安的小火焰映在天花板上和墙壁上的大大的影子吧，这样他好看着影子安心地进入梦乡。

我们英勇的将军真算是出类拔萃了，他的活跃的想象，就像一匹脱僵的野马，竟然把煤油灯的火光变成了敌人营地的灯火了，因此发出了警报。

"天啊！好玄乎！""半脸胡"船长打雷似的一边说一边神经质地打理着半下巴的胡子，"你这一阵吵吵闹闹，我还以为出现了一艘海盗船呢。至于那个孩子，我从望远镜里看见了，他根本就不像个海盗。他手里既没有握着钩子，眼睛上面也没有蒙黑色绷带。再说了，也没有挂着一面带有打叉叉的骷髅头的黑旗呀。我倒觉得这是一只完全平静的双桅船正在梦海中航行呢。"

　　"坐着的飞行员"每一次都干得非常出色，他又到吊床上方作了一次侦察飞行，还曾不止一次地飞过孩子上空。只见这孩子晃动着一只手，好像是在赶苍蝇似的。他立刻回来报告说：

　　"将军先生，没有任何危胁。'敌人'，要我说就是个孩子，正在睡觉呢。"

　　"那么，我们就出其不意地抓住他。"将军命令说。

　　这一次骑马牧童倒是挺身反抗了：

　　"抓一个小孩？我们的套马索难道是干这个使的？我们只是用它来套草原上的公牛和野马，根本就不是来抓小孩子用的。谁胆敢动他一根手指头，我们就会用这根绳把他绞死在第一株仙人掌上。"

　　这样说完以后，他们就立即策马前进，分散在将军四周，准备用套马索勒住他的脖子。

　　"我只是说说而已，"将军埋怨说，"只是说说而已的。不必当真！你们都是些缺乏活泼想象力的人。"说完，他自己就安安静静地待着了。

　　逃跑的队列慢慢地向吊床边靠近。这时，也许所有的心并不是都是那样平静的。比如，有些洋娃娃，畏惧的心情尚未完全平静，就会紧紧地挨着黄熊，来壮自己的胆。那只黄熊对于眼前刚刚发生的一切都一无所知，什么也不懂。它有点儿呆傻，对于它谁都表示谅解，它的大脑反应特别迟钝，一次只能弄懂一件事。

　　但是它的视力是相当的好，它立刻发现那个被称之为敌人的人实际上就是一个躺着的孩子。于是它脑子里就产生了一个主意：它想跳上床，还想戏耍他一会儿。它没有意识到，通常情况下，睡着的孩子是不会和狗熊玩的。

　　这孩子似乎没有什么特别的地方。他的眼睛紧闭，因此，就连眼睛的颜色也没有人能得知。

　　在椅子上方的那盏灯附近，有一张折成四边的纸。在一面写有地址，字迹大并且歪斜。

　　"要我说，那一定是密电码。"那个早想将孩子当作敌人间谍处理的将军用挑唆性的口吻说。

"也许是这样的,"列车长表示认可地说,"不过我们依然不能偷看人家的信。你们发现了吗?地址上不是写给我们收的。这里写得清楚:贝发娜夫人收。"

"很有意思!"将军说,"这封信恰好是写给我们的主人的。要我说的话,这孩子很有可能已经对我们进行了侦察,有意向她告发我们的事。你们说是不是呢?依我看,还是先看一看写些什么更好些。"

"我们不能这么做。"列车长阻止他说,"我们不能侵犯别人的通信自由。你先听我说,我每次都是成吨成吨地运送邮件,但都必须确保安全啊!"

这一次倒也奇怪,银笔竟同意了将军的意见。他只是说了一句:"快念。"然后又慢慢地把烟斗放进嘴里。这就足够了。将军一听到"快念",立即登上了椅子,展开了那封信,清了清嗓子,然后就像念作战宣言一样,拿腔拿调地开始宣读了:

贝发娜夫人:

我经常听人家提到您,可是我从来没有收到过您的礼物,无论是大的还是小的。今晚我让灯亮着,希望当您路过这里的时候我能看到您,这样我就可以当面向您陈述我的要求。因为我害怕又睡着了,所以写了这张便条给您。我恳求您——贝发娜夫人,请满足我的愿望吧。我是一个好孩子,大家都这么说,如果您能使我幸福,我会变得更好的。否则,当一个好孩子对我又有什么用呢?

您的姜宝罗

在读信的过程中,将军的声音从一开始的火药味浓厚的腔调渐渐地越来越温柔了。这位老战士已经无法克制自己,竟然显得十分的心慌意乱。

玩具的队列屏住呼吸。只有一个小洋娃娃沉重地叹了一口气,大家都回头看着她,她很不好意思地低下了头。

"天啊!这还了得。"谁都听得出来,这是"半脸胡"船长闷雷般的抱怨声,"我认为我们的那位老主人实在是太不公平了!不是吗?因为她的过失，一个好好的孩子就要变坏了。"

"变坏是个什么意思呀？"玫瑰洋娃娃不解地问。

然而谁也没有去回答她的问题，别的洋娃娃拽了拽她的裙子提醒她别说话。

"应该为他做些什么才好啊！"蓝箭的站长说，"很不幸的是这个姜宝罗因为激动竟忘了写上他想要的礼物了。"

"看来需要一个自愿者了。"特种步兵团的上校提醒说。

那条狗纵身跳上了吊床，趴在枕头旁边，还未开口脸就通红通红了。大家明白这是因为它要讲什么重要的事了。

"我很想留下，"斯毕乔拉说，"我非常喜欢这孩子。我想和他在一起一定会使我非常幸福的。他对我一定错不了，而我呢，就当他的父母——就如今天晚上一样——单独把他留下的时候，我恰好与他为伴。"

"太好啦！""半脸胡"说，"那……谁能来嗅寻方齐谷的踪迹呢？"

"我的鼻子倒是挺大的，"司机瓮声瓮气地说，"但是，如果我的眼前没有铁轨，说实话，我还真的就不知该上哪儿去了。"

"斯毕乔拉绝对不可以留下！"将军下了这个结论。

就在这会儿，听得有人干咳了几声。如果有人在这种情况下用这种方式咳嗽，说明那人想要说话但是又缺乏勇气。

"鼓起勇气，说吧。"是"坐着的飞行员"的声音。他居高临下，整个场景都尽收眼底。他发现黄熊做了个怪相，才这么说了一句。

"好的，"黄熊一边说一边又干咳了几声，借以掩饰自己的不好意思，"我对周游世界已经厌倦。我想停在这儿，你们觉得呢？"

真是个可怜的黄熊！它想使人相信它是个懒汉，却不希望表现自己的好心。谁知道这是为了什么，那些真正善良的人却总是努力不让别人发现他们的善良。

几百只眼睛看着黄熊：它的心太好了！

"请你们不要这样看着我，"它说，"不然我会变成一只红熊了。我是懒汉，这是真的。我待在这张吊床上，很快就能美美地睡一觉，等到天亮，但是你们呢，还要冒着寒冷走许多路去寻找方齐谷呢。"

"好吧，""半脸胡"说道，"你留在这儿倒也合适，孩子和熊也能玩到一起去，因为他们之间至少有一样很相似：那就是他们都喜欢睡觉。"

大家一致同意。随即进行了告别，互相致意。有人想上前紧紧握住熊掌祝愿它前程似锦，但蓝箭司机已经以汽笛的一声长鸣代表大家向它致意了。站长长长地吹响了哨子，接着列车长大声高呼：

"先生们，请赶快上车！要出发了，快上车！"

洋娃娃们因害怕来不及上火车，顿时造成了一阵难以想象的混乱局面。

护送队徐徐前进，印第安人和牧童骑着马保护着两侧。特种步兵舒适地坐在车顶上，而"半脸胡"的那条船则被安置在其中一节货车上。

那个通往狭窄又黑暗的胡同的地窖门开着。黄熊蹲在吊床的枕边、离姜宝罗的头不远的地方，用忧郁的神情目送着慢慢远去的伙伴们，然后深深地叹了一口气。

他这一口气叹得太重了，竟然使孩子的头发像是被一阵风吹过，仿佛波浪一样地飘了起来。

"轻一点，轻一点，我的朋友，"黄熊对自己说，"不然，你会把他弄醒啦。"

孩子一直没有醒，只见一丝甜甜的微笑挂在嘴角。

"我敢打赌，他此时一定正在做美梦，"黄熊自言自语地说道，"他正梦见贝发娜在这个时候经过他的身旁，送给他一件礼物后匆匆离去了。她的长裙带起了一阵风拂动了他的头发。我敢说，他一定是在做这个梦。但是，谁知道梦里的礼物是什么呀？"

黄熊朝那孩子弯下身子去，想要窥探些什么，可是他的两眼像紧紧关着的窗子一样，谁都猜不出他看见的那个礼物。

谁知黄熊做了一件让我们意料之外的事情：它贴近孩子的耳朵，用一丝差不多听不见的声音甜甜地对他说话，它是这样说的：

"贝发娜刚刚已经过去了，她走之前给你留下了一只可爱的绒毛黄熊。那是一只极其漂亮的小熊，不瞒你说，我不仅认识它，而且对它很了解。在镜子里我已经见过它好多次了。在它背部有一把专门上发条用的钥匙，只要发条一上紧，小熊便会跳起舞来，就像所有去马戏团和展览会的熊一样。现在我就让你来看看。"

黄熊必须扭过些身子才能用熊掌碰到钥匙。还好，最终它还是自己上好了发条。这发条竟会对它产生如此奇妙的效果。首先，它觉得好像有一种发笑的痒痒顺着背脊上下走动，让它特别想轻松愉快地跳上一会儿，这痒痒一直向下到了两条腿上，于是它就开始独自地跳了起来。

黄熊从来没有跳得这么出色过。

桥上的警报

胡同略有些坡度，但蓝箭在越过高低不平的地段后并没有减速，因此很快就出了胡同口，来到了贝发娜店铺旁边的广场。

司机便从小窗口探出头来说：

"请问，我们该走哪个方向？"

"一直向前，"将军喊道，"正面进攻是扰乱敌人阵脚最棒的战术。"

站长问："哪的敌人？请您不要再开这种玩笑了。虽然您的帽子上带有您所有的道道，但是在火车上您就该和任何旅客一样，您明白我的意思吗？火车往哪儿开都得听我的。"

"知道了，"司机回答道，"不过请您快点告诉我，因为再往前就要穿过人行道了。"

"右拐，"斯毕乔拉用悲戚地声调说，"赶紧向右转弯，我嗅出了方齐谷走过的路了。他的破鞋的气味是从这儿向那边去的。"

事实就是这样。那条狗只是来回跑着嗅了几下气味，并没有费多大功夫就找到了方齐谷的足迹了。

站长认可地说："那么就右转弯。"

司机立刻转动方向盘，蓝箭立刻以全速拐了个弯。"坐着的飞行员"在火车头上空盯着火车不敢懈怠，生怕失去目标。

牧童和印第安人骑马飞奔在火车的两侧，悄悄地全速前进着，就如一股土匪正要发动总攻时一样。

"哼……"疑神疑鬼的将军喊着,"我用我的头衔和一个铜钱打赌,这次旅行是不会有什么好结果的。瞧瞧这些骑士们吧,一个个神色不安,面带难色。在第一站上车时,基于各种考虑,我才搬到了装着大炮的货车上来的。"

就在这时,传来了斯毕乔拉奇怪的哼哼叫声,这声音告诉大家它似乎发现了危险。但已经太迟了。司机没能及时刹车,蓝箭以全速冲入了一个很深的污泥水坑里去了。水差不多就快漫到小窗口了,吓得洋娃娃们魂不附体,赶紧逃到了车厢上面,在那里她们受到了步兵们的亲切接待。

可怜的斯毕乔拉在污泥水坑里一边游着,一边发出诅咒着自己的声音:

"我到底是哪个品种的狗?怎么连叫一声都不会呢。哎,我要能猎猎地叫该多好啊!一定会比那无味的喵喵声好多了。"

"我们这是在陆地上。"司机一边说,一边擦着汗。

"您想说的是我们在水里吧,""半脸胡"愁苦地纠正说,"看来只好让我的船下水,然后让大家都上船。"

不过那条船倒底还是太小了点。幸亏积木总工程师在这重要时刻想起,在他的一个盒子里有非常多的小片片足够建一座桥来用的。

"在工程彻底完成之前,天一定就会大亮,那时我们将会被追捕归案。""半脸胡"显出十分不高兴的样子抱怨道,"不过幸好,水兵们在这儿倒不怎么容易被发现。"

在总工程师的指挥下,积木的小片片也立即投入了紧张的战斗状态。

"先用一架起重机将蓝箭举起然后再把它放置在桥上。"工程师这样设想,"旅客们在里面请别乱动,这样就能顺利地通过了。"

他这样一边说着,一边向洋娃娃们投去了高贵的一瞥。从她们这方面来讲,说出来的也是些废话,她们当然都是倾心倾慕于他的啰。可只有黑娃娃是例外,她仍然只忠实于她的飞行员,对工程师连看都不带看一眼的。

开始下雪了，坑里的水位不断的上升，工程师的计划全部都告吹了。

"在洪水猛涨时要建一座桥，工作量可是不轻呀！"他的上下牙齿之间咔咔作响，"我们都希望能尽快造出来。"

为了加速工程进展速度，特种步兵团上校将他的全体勇士都分给了工程师以受其支配。新建桥进度很快，眼看着在污泥水坑上迅速地向前伸展。在这昏暗而又雪花纷飞的夜晚，滑轮的咯吱咯吱声，锤子的敲打声和其他铁器的叮叮当当声，在很远的地方都能听得十分清楚。

牧童和印第安人驱马游过污泥水坑奔到对岸，在那里扎下了一个营盘。在那里，人们能看见一个小小的红点，一会儿张开，一会儿又闭上。张开，闭上，很像一只萤火虫的亮光。那其实是银笔的烟斗。从蓝箭的小窗口里，旅客们目不转睛地看着那个小红点，那个象征着希望的小红点。三个木偶一齐说道：

"它像是一颗星星。"

那是有福气的三个木偶：它们在雪花飘飘的夜里能够看到群星。

不知道过了多久，忽然听到了一片"万岁，万岁"的呼喊声。总工程师手下的工兵们和铅弹特种步兵队的士兵们终于到达了目的地。

一辆吊车吊起了蓝箭，将它放在了桥上。这座桥像是所有的高架铁路桥一样，上边也有铁轨。站长高挑起绿色信号灯发出了出发信号，司机立即用力压低操纵杆，只听一声轻轻的鸣笛声，火车快速启动了。

可是火车还没有开出半米远，只听将军一声大喝，发出了警报：

"快熄灭所有的灯！发现不明敌机！"

"天啊！不好啦。""半脸胡"打闷雷似的说道，"如果那个不是贝发娜，我就吞掉我的胡子。"

伴随着一阵可怕的轰轰声，一个巨大的身影落在了广场上。逃犯们立即认出了这是贝发娜的飞行扫帚，骑在那上面的是两个老太婆。

贝发娜把她的最好的玩具丢了，也只好自认倒霉。为了再找到一些其他的玩具摆在书架上和顶楼里，她带着女仆钻出了烟囱口，骑着飞行扫帚飞上了天，进行了一次和往常一样的环游。

谁知还没有到达广场中间呢，女仆的一声惊叫便使她转过身来：

"男爵夫人，快看下边！"

"哪里？哦……看见了，我看见了……那不是蓝箭的灯光吗？"

"我看肯定是他们，男爵夫人。"

贝发娜毫不犹豫地将扫帚把直指东南方向，然后敲打着扫帚柄直冲灯光降了下去，令人眩目的灯光倒映在污泥水坑的水面里。

这次将军可确实没有放空炮，灯光立即全部都熄灭了。司机让火车以最快的速度嗖地通过了桥。不过倒是最后一节货车真险啊！上面装着"半脸胡"的船，还没等它八个轮子全上了陆地，只听见一声巨响，桥塌了，炸到空中的碎片落在了这节车厢的后半截。

有人猜想这是贝发娜轰炸的，其实不是，这是将军干的，他对任何人都没有说，自己悄悄地装上水雷，使桥"轰"的一声冲上了天。

"与其把它落入敌人手里，倒不如我一口吞了它好！"他卷着胡子高声说道，对自己的这一手甚是洋洋得意。

贝发娜正在超低空飞行中，高速地逼近了蓝箭。

"快！向左。"一个牧童高呼。

此时也来不及等站长下达指令了，司机猛地向左一拐，这一猛劲差点把火车扯成两段，然后像箭一般穿过了一扇黑暗的大门，里面闪着一个引人注目的烟斗的小红点。

蓝箭沿着一堵墙旁边停下，大门立刻在慌乱中被闩上了。

"半脸胡"船长小声地自己问自己。"她看见我们了吗？"

幸好，贝发娜没能赶上盯住他们。

"奇怪啊！"此时此刻她显得非常烦恼，在广场上空垂直盘旋了好久，然后自言自语地说道，"难道说是土地爷将他们埋了不成，怎么可能连一点痕迹都没有留下呀！"

"会不会是掉进了污水池里了。"女仆提醒她。

"可能吧，"贝发娜认可地回答道，"这时，最令我伤心的莫过于蓝箭。它完全有资格享受一个更加体面一些的坟墓。它是我店的荣幸。哎，我就是不明白，或许那些玩具是因逃避小偷的袭击而出逃的吧，也说不定现在正在寻找回家的路呢。嗯，谁知道呢……不过，现在不能再耽误时间了。待交的礼单还长着呢，永远也做不完。快回去工作去吧！”

她们转过头来，扫帚立刻飞向北方，在雨雪之中消失了。

和玫瑰洋娃娃告别

"我总觉得呆在这儿，就像在一只墨水瓶里呆着似的。"站长嘟哝着。

"这很可能是敌人的陷阱。"将军补充道，"还是侦察一下比较稳妥些。"

司机打开了蓝箭上的塔灯。大家这才看清楚，原来大家是在一个堆满了空箱的窑洞里。空箱里迷漫着水果味的香气，不用说了，这一定是水果贩的大门。

再回过来说说那些洋娃娃们，她们一个个都从车厢里跳了下来，又藏到一个墙洞里去了，从那里传出了各种叽叽喳喳的嘈杂声。

"天啊，像是掏了喜鹊窝似的！""半脸胡"嘟哝着，"这些女孩子就没有安静一会儿的时候。"

"这儿有人，"玫瑰洋娃娃用她那特有的讨人喜爱的、听起来像笛子般的柔声动听地说道。

"谁要认为有人，到处都有人。"司机评论道，"谁的心情如此烦闷，竟然在这样的夜里在大门口乘凉呢！也许是想着我会将我的火车头的轮子卸下一个来送给他（她）当床来使吧，脚旁还放上一个热水袋呢。"

"是一个值得尊敬的老太太。"其他的洋娃娃纷纷说。

"睡着了，是吗？"

"我觉得她好像很冷，她的皮已开始凝结了，是不是？"

一些洋娃娃伸出了手去试一试已经开始冻僵了的老太太的皮肤。她们动作做得很轻，是怕把老太太吵醒，然而老太太并没有反应。

"我们试一试能不能帮她来暖和暖和。"玫瑰洋娃娃号召大家，并第一个抓起老太太的手在自己的那双小手之间不停地搓着。她搓呀，按摩呀，弄了好长时间，但都不见有效。那双布满皱纹的老手就像两块冰块似的寒冷到令人全身都在发抖。

一位特种兵战士从车顶上下来，然后走了过来。

"哎，"在向老太太瞥了一眼后，低声说道，"我见过很多这样的人。"

"你认识她吗？"洋娃娃们问。

"问我认不认识她？不，这个我还真是不认识。不过我认识很多像她这样的人。她们是穷人，什么都没有。"

"穷得像是地窖里的那个孩子一样吗？"

"比他还要穷，还要穷。这是一位无家可归的老太太，路上遇到大雪的袭击，没有办法，只好逃到这里的大门这儿来，以免被冻死。"

"现在睡了吗？"

"是啊，睡了。"战士说，"大概是因为奇怪的困而睡着了吧。"

"这是什么意思？"

"哎，我觉得她永远都不会再醒来了。"

"这是什么话。"玫瑰洋娃娃以坚硬的口气说，"为什么不会醒来呢？如果这么说，我倒非要留在这儿一直等她醒过来。我已经厌倦了旅行。我是个良家女子，我并不喜欢夜里还在路上游来游去的。我愿意就留在这个老太太的身边，当她醒过来时，我就跟她一起走，她就当我的祖母啦。"

玫瑰洋娃娃倒像是变成了另外一个人似的，她的神态再也不是原先那种惹得"半脸胡"船长生气、傻里傻气而又喜爱虚荣的样子了。她的眼睛也因为闪烁着另一种不同的光芒而显得格外美丽。

"我要留在这儿。"她坚定地重复道，"令我遗憾的是方齐谷，不过话说回来，我不相信他会需要我。方齐谷是个男孩，哪会有男孩玩洋娃娃的？请你们替我转告我的问候就够了，他一定会原谅我的。至于以后，谁会知道呢，或许这个老太太会带着我去找方齐谷的呐。到那时候，我们就会重新再相见了。"

她不断地讲呀讲，像是喉咙里充满了各种话，一定要把这些话一下子全都吐出来才痛快。

也许是不愿意让人家讲几句劝导的话吧。也许只是她不愿意听违背自己意愿的话和不愿意出于被迫而丢下这个老太太或让她如此寒冷，只身处于大门内昏暗的角落中吧，但没有任何人对她讲什么。

斯毕乔拉从大门出去去侦察，刚回来通知大家，道路已经通行无阻，可以再重新上路了。

难民们一个接一个又重新登上火车。站长命令将所有的灯光统统都熄灭。蓝箭缓缓地开向了出口处。

"再见，再见！"朋友们一起轻声向玫瑰洋娃娃道别。

"大家后会有期吧！"她声音颤抖着回答。她还是害怕独自留在这儿，否认这一点是毫无用处的。她挨着老太太的胸脯缩成一团，用一丝几乎不被听见的声音又重复了一句："再见！"

三个木偶一同从小窗口探出了头来。

"再见啦！"他们齐声说道，"看见这样的你，我们好想大哭一场。但是你是知道的，我们实在是哭不出来呀。我们是木头做的，没心没肺。再见了！"

玫瑰洋娃娃觉得自己很渺小，而且越来越小，心里非常害怕。幸好途中的激动和劳累发挥起了效用。首先，玫瑰洋娃娃闭上了眼睛，其实，又有什么必要非得睁着呢？天是那样的黑，连自己的鼻尖儿都看不见。她慢慢地睡着了。就这样，第二天清早，门房起来了才发现她们俩。她们紧紧地依偎在一起，就如两姐妹一样互相拥抱着。

洋娃娃不懂为什么人们都停在大门口看着他们，还来了真正的、个子大得吓人的宪兵呢！老太太被放上一张抬床上被抬走了，玫瑰洋娃娃不知道为什么她就是醒不过来了。

一个宪兵把她也带走了，并把她送到了他上司那儿。宪兵有个小女儿。他的上司就让他将洋娃娃带回家去跟他的女儿作伴。

可是，玫瑰洋娃娃却再也不能忘记那个自己曾守候在她身边，一起度过主显节夜晚的冻僵了的老太太。每当她想起那位老太太，她就觉得自己一直冷到了心里。

一个将军的塑像

斯毕乔拉埋着头在车头前小步快走，纷纷扬扬的雪花下个不停。石板路已被皑皑白雪覆盖了起来。这对于要靠嗅到方齐谷的破鞋的气味来跟踪的斯毕乔拉来说困难也越来越大了。那条狗不时地停下脚步，疑惑不解地四下张望，然后又顺着自己的脚步回过头来，然后又从另一方向继续搜索。

"方齐谷很可能曾停在这儿玩耍过。"它焦急地自言自语说道，"所以踪迹才这样复杂纷乱。"

司机瞪大了眼睛，亦步亦趋地跟随着斯毕乔拉。火车里的人们都已经开始觉得寒冷了。

"得开得快点啦，""半脸胡"埋怨着说，"以这个速度，恐怕我们要明年才能到达呢。另外，到不了那时，我们也许就会被第一班电车给压扁的。"

有时就连站长也吆喝斯毕乔拉快一点。但是一条可怜的狗又能做些什么呢？它全身发抖，鼻子被雪冻僵了。它多想用脚掌让它暖和暖和呀，可惜就是连这点时间也没有。

足迹使行进队伍弯弯曲曲地前进。一会儿上了人行道，一会儿又下人行道，总在广场上兜圈子，至少三四次地在同一个地方奔过一条马路。

"这是玩的什么把戏呀，怎么总是围着马路走？"站长抱怨道，"我想你们应该会有这样的体会吧：当你们告诉孩子说直线是两点之间的最短距离后，孩子们为了将你们的教导付诸实践，就会立刻手拉手跳起圆圈舞来。你们看这个方齐谷，在这 10 米长的空地上，居然横过马路 10 次。我奇怪他怎么没被车给轧死。"

斯毕乔拉不知疲倦地在雪地上用鼻子搜寻着朋友的气味，同时还似乎是跟方齐谷说起话来了，就如他真的能听到似的。

"你知道吗？我们正在找你呢。我们全体都到了。这对你来说，可以说是喜从天降啊！一列火车载满了玩具，一列整齐的旅行队伍。你等着啊，一会儿就可以见到我们了。"

因为一心都用在跟方齐谷的讲话上，当它发觉自己丢失掉了目标时，已经跑出去几十步远了。

它快步地跑了回来，司机只好再一次刹车。

它又拼命地找呀找的，可是哪怕是那么一丁点儿气味也闻不到。气味是在那边雪底下消失的，那边的路很狭窄，灯光又很暗。然而，气味既不是在大门口，又不是在人行道上，正好就是在马路上消失了，你说这奇怪不奇怪。

"这简直真是不可思议呀！"斯毕乔拉想，"总不能让我们走在空中吧？"

"下面到底是发生什么事啦？"草木皆兵的将军紧张地问道。

"斯毕乔拉找不到方齐谷的踪迹了。"司机心平气和地告诉他。

只听得一阵骚乱的抱怨声。看来洋娃娃们都非得冻死在这路上不可了。

"天啊，好一个冰冻三尺啊！""半脸胡"高声喊道，"不过这儿不应该这么冷。"

"一定是他们把他给抢走了！"将军情绪十分激动地说。

"谁被抢走了？"

"小孩子呗，真见鬼！我们的朋友方齐谷呗。他的足迹到了马路上就消失了，这代表着什么？代表着那孩子被提了起来并被扔在一辆车上，然后谁也不知道快速车把他带到哪里去了。"

"我们接下来做什么？"列车长问，显然他有些不知所措了。

"坐着的飞行员"自告奋勇要去作飞行侦察，别人又拿不出更好的办法，于是他的建议被采纳了。他马上拉杆升空，只看见飞机在路灯暗黄色的光晕下晃了一下就不见了，随即隆隆的机声也愈渐微弱，继而是一片死寂。

"没有任何人对我的见解提出异议，"将军继续说道，"这就说明一个极其严峻的危险正在威胁着我们。战士们，听我命令：立刻把大炮卸下来，把它们装到火车尾部，准备开火。"

炮兵们怨声载道：

"他这是抽的什么风呀！"他们说，"这一会儿装上，一会儿又卸下，整个晚上就别想干别的了。再说了，导火索全湿透了，就算把它们放在维苏威火山上估计也点不了火啦。"

"都给我安静！你们必须得服从命令，不许再说话。"将军严肃地命令。

特种步兵的战士们安静地坐在车厢顶上，看着他们的兄弟们抬着大炮大汗淋漓。

"他们可真走运，至少都出汗了。"上面的人们这样想着，"而我们呢，大雪已经没过了膝盖。再过一会儿，我们就都要变成雪人了"。

乐队的那些人也非常丧气，他们的鼓里都装满了雪。

正在此时，发生了一件十分奇怪的事：第一门大炮刚从货车上卸下，一瞬间就在雪底下消失了！第二门似乎是在湖里做跳水运动一样，一个猛子扎下去后就再也没有浮上来。这第三门倒是很像被土地爷给一口吞了下去似的，在那个地方，只是在雪上留下了一个窟窿。简单说，就是刚到地面上，大炮就立即消失得无踪无影了，而且没有留下任何痕迹！

"这，这……怎么……哎，总而言之……"因为这意外的刺激和打击，将军气得都说不出话来了。于是他跪在雪地上开始用手挖。这时，秘密就立刻被揭穿了。其实也说不上是什么秘密，因为只是一个下水道的污水池罢了。不幸的是那些大炮从铁条之间掉了下去，一直沉到了阴沟最底部去了。

将军就如被闪电击中了似的一动不动跪在那里。过了好一会儿，他摘下了帽子狠命地撕，扯住头发没命地扯。他很可能还要从头到脚撕下自己的皮，后来因为他听见了他的炮兵们如疯子般的嘲笑声才打消了这想法。

"真是飞来横祸！这支第一流的炮队，同时也是我军唯一的炮兵队，因为中了敌人的诡计而险些毁于一旦。你们倒好，只大声发笑。你们是否想到过现在我们已经赤手空拳？你们认为这是开玩笑的吗？真可恶！得把你们都抓起来！到时候一回到营地，你们将会因背叛罪而被起诉。"

炮兵们的面孔在行举手礼的那只手底下一下子变得极其严肃，而笑声却在喉咙里彻底爆发了，使得自己的脚后跟也抬了起来。

"不错呀！"他们心想，"现如今我们总算再也不用干装装卸卸这苦差事了。我们没有炮反倒更好些，我们现在不是挺舒服吗，因为我们反而轻松啦。"

再瞧瞧将军，在几分钟内似乎老了 20 年！他的头发都白了，这当然也是因为他把帽子给扔了，雪花可以自由自在地落在他的头发上的原因。

"完了。"他痛苦地抽泣着，"一切都完了，对于我，不会再有任何事情可做了。"

他果真如一个正在吃着甜点的人一样，忽然间，不知是哪来的邪法，将所有的糖分都夺走了。他这才发觉自己正在咀嚼着一种没有任何滋味的纸。没有了大炮，将军的生活就再也没有什么滋味，就像是菜汤里不放盐一样。

他一直长跪在那儿没有站起来，对所有要他起来的安慰置之不理，也不把身上的积雪拂下来。

"将军先生，积雪要把您覆盖起来了。"现在，炮兵战士们关切地对他说，并上前想要扫掉他肩上的积雪。

"别管我，让我就这样吧。"

"您会被积雪埋起来的，您的双腿已经看不见了。"

"没关系。"

"将军先生，积雪已没到您的肚子了。"

"我并不觉得冷，我的心比雪还寒冷。"

"将军先生，积雪已经没到您的脖子了。"

将军没有再回答。另外，当别人把自己两肩的积雪拍了下来时，这雪正好落在了他的身上。这样，顷刻之间，将军全身被雪覆盖了起来。开始还能见到他的几根胡子，这是事实，但只是一会儿的时间。到后来，在将军站着的地方，只剩一尊巍巍壮观的雪像了。

大家全都很受感动，每个人心里都很难过。在这样的情况下，谁都没有发现一个十分严重的危险正在威胁着蓝箭一行。这一次竟然是一只猫，它是只真正的猫而绝不是玩具猫。这只猫非常大，足足有蓝箭的五六节车厢那么大。

正当大家围着将军，为他进行悼念的时候，那只可怕的猛兽正在雪地里悄悄地越来越近，然后趴在那儿用它那绿色眼睛仔细地盯着眼前的一切，最后挑中了袭击对象。

在蓝箭其中的一个小窗口上挂着一只鸟笼，鸟笼里有一只带发条的金丝雀。笼子在风中凄凉地摇动着。刚开始旅行的时候，鸟笼很受欢迎地被挂在了头等车厢里。随着火车的每一次振动，发条就自动松开，金丝雀也就啾啾地开唱了。

"我的小宝贝啊。"当它唱出第一声的时候，有些人高兴地这样叫它。可总是这样叫个不停，大家开始对它厌烦了，也就毫不留情地把它赶了出去。

于是它被挂在外面。不过它仍很乐观，即便是顶着寒风，冒着大雪，在漆黑的夜晚也依然不停地愉快地啾啾叫着。再说，除此之外，它什么都不会呀。就在将军葬身在雪地里的时候，它也没有一点要消停下来的意思。

现在那只猫已经瞄上它了，并决定要尝尝它的滋味。

"我只需要一巴掌就能打开笼门。"猫想。

嘿，还真是如此。

"只要再给它一巴掌就可以要了它的命。"它想。怎么知道这事情并不是那样简单。金丝雀觉得有很尖利的爪子正在撕它的翅膀，就啾地惨叫了一声，然后好像是有什么东西给扯断了，紧接着就听得惨痛的"喵呜"一声，原来是入侵者被弹出的弹簧正好击中了鼻子。

那只猫痛得几乎昏了过去。谁料到一只小小的金丝雀会有如此大的防卫力量呢？这突然一击，几乎吓破了猫胆，它只能忍痛叫唤着逃跑了。骑马牧童们试图追赶，可是他们的马却深深地陷进了雪里，就只好这样了。

不，这一次是怪猫自己没有考虑周全，没有想到竟然有弹簧。其实，猫可厉害着哪。瞧，在那雪地上，可怜的金丝雀躺在那儿。真是可怕，它被撕开了，翅膀下面暴露出了弹簧的钢丝，它张着嘴，整个好像是失去了知觉似的。

在这短短的几分钟内，蓝箭旅行团就失去了两位成员。至于第三名，谁知道"坐着的飞行员"驾驶着飞机正在哪里转？也许烦恼让他冲向了某个烟囱，也许落在两翼的积雪把他压回了地面。谁知道呢！

将军将金丝雀埋在了一堆雪下。先让特种步兵把号筒里的雪清除了，然后就奏起了出殡进行曲。说实话，号筒的声音像得了感冒似的，音乐就像由远处的另一条路上被风吹过来的一般，但总是比没有要好的多。

最后，金丝雀的遗体被重新安置在笼子里，积木工人们一铲一铲地把雪放在它身上。

但是，金丝雀的故事并没有因此结束，只是它的蓝箭同伴们不知道罢了，因为他们埋了它后，立刻又开始了他们的夜行军。如果有人走晚一步，悄悄藏在一个地方，就会看到一个夜警从自行车上下来，因为前轮好像碰着了一样东西，这样东西就是金丝雀的笼子。

这位夜警将它拾了起来，然后挂在了车把上，把车推向一边，然后就在路边，他试着修理发条。一双万能的手有什么不会干？10分钟以后，金丝雀啾啾地又重新叫开了。不过声音略有些含糊，并不像原先那样愉快活泼，听起来有些懒散。或许是因为金丝雀看见夜警其貌不扬的原因吧。不管怎样说，这声音还是充满活力的。

"我的孩子一定非常喜欢。"夜警这么想着，"我就说是贝发娜太太给我的；我就说我曾经看见过它，因为我总是在夜间工作；我就说它在向他热情的问候，还希望我永远愉快！"

夜警一边不停地在雪里骑着自行车，一边想着。当他要转弯的时候，他没有去按自行车车铃，倒是去摇了几下鸟笼子，使金丝雀又响起了动听的啾啾的声音。哎……这倒真是一个好办法呢！

会说话的纪念像

人们对"坐着的飞行员"这次的侦察任务寄托着非常大的希望。不仅如此，也因这种令人厌恶的恶劣天气，每个人手里都为他捏了一把汗。

正当他努力让自己保持在街道的中间飞行，不让飞机撞到电车线、避免碰到任何边边沿沿的时候，座舱外部的积冰却越来越厚，现在只能看清楚鼻子前巴掌大小的区域了。此时此刻，"坐着的飞行员"突然羡慕地想起了贝发娜：

"谁知道那老太太是怎么弄的，就那样骑跨在一把简单的扫帚上倒是安然无恙，而我，驾着最为现代化的飞机飞行，反倒是冒着时时刻刻可能会掉下来的风险。"

"另外，我该毫不犹豫地调正航向才行。"勇敢的飞行员继续想，"我不相信方齐谷会在这云雾中留下足迹。这可怎么办？我或许该下降吧。"

他慢慢地让飞机向下滑翔，但又必须赶快拉杆升高，不然就要碰到一个人的脑袋了。那个人是个夜警（也很有可能是那个后来拾到金丝雀的夜警），正费劲地蹬着自行车行驶在雪地上。

又过了一会儿，他觉得夜色变得愈加明朗起来了。

"哦，我明白了，我应该是到了一个很大的广场上空了吧。"他自言自语地说道，"再往下试着降降看。"

这次下去，他碰到了下面一个非常大的模模糊糊的黑影，而这个影子竟然用粗大的嗓门向他打招呼：

"嗨，飞行员先生，请到这边来。"

"坐着的飞行员"脑子里快速地闪了一下：

"我看还是假装没听见似乎更为妥当些。在这个地方，我可不认识任何人，我不喜欢贸然相见。"

还没等他想完，一只可怕的手便用两个手指头把飞机给夹住了，然后就往自己那边牵了过去。

"我惨了，失去控制的飞机还不炸了！""坐着的飞行员"高声惊呼道。

"炸什么呀，我过去既不是电炉又不是煤炉，而现在和将来，我也仅仅只是一个安稳的铜像，永远停留在这广场中心。"那个影子、也就是那只手的主人说，"我一点也没有想要把你放进油锅里炸了的意思。"

"坐着的飞行员"这才轻松地松了一口气，然后壮了壮胆循声望去。

他看到了一张特别大却又很和善的脸，胡须中间荡漾着一丝微笑。

"你是谁呀？"

"我已经对你讲过了，我是纪念铜像。以前我曾是一个爱国主义者，在马上我指挥过勇士们奔向祖国的解放。"

"您现在还在马上吗？"

"是啊，还是匹高头骏马呢！怎么，你没看见吗？"

"我刚才飞得太高了。现在，如果您允许，我得出发了。我要驾驶飞机绕着您转一圈，以便好好欣赏一下这匹马。"

"别急。"纪念像笑着说，"再待一会儿吧，我们好好聊聊。这样的机会对我来说太少见了，如今，我的舌头已经变得很迟钝了，张嘴说话都很费劲。你嗡嗡嗡的声音我已经听了好一会儿了。我简直不敢相信自己的耳朵，在这样的季节里竟然会有一只大苍蝇在飞？这是怎么回事呢？我可以向你发誓，除了在小孩子手里，我从来没有见过这么小的飞机呢！"

"坐着的飞行员"诚实地承认他的飞机也只是一个玩具，还简要地向纪念像述说了他以及蓝箭的情况。

"很有意思。"在认真听了他的讲述以后，纪念像说，"真的，很有意思。我也很喜欢孩子们。只要天气还好，这儿总会有成群结队的孩子在我的马蹄间玩耍。如今，因为下着雪，他们就将我一个人扔在这儿了。不过这也是很正常的，我倒是并不生气。但是有一个孩子，就算是这种坏天气，他也会时常来找我。我不好说他是专门为了看我而来的。他的皮肤呈褐色的，前额有一束头发垂到了眼上。他来了以后，就会坐在台阶上，坐在那里想心事，然后过一会儿就会走。他应该是有尾巴，我是说他离开时，两腿之间夹一根尾巴。"

"如果他名叫方齐谷，很有可能就是我们的朋友。""坐着的飞行员"叹息道，"那么，他坐在那里静默思考些什么呢？"

"嗯，真不幸，我还从未注意他说过自己的名字呢。你是明白的，通常，自己的名字都是让别人来叫的。不过这个孩子看起来很孤单，这一带没有一个人认识他。"

"如果他是方齐谷……""坐着的飞行员"又叹了一口气。

突然，他有了一个想法。

"看来只有斯毕乔拉能解决这个问题。它在台阶上嗅一下就能告诉我们这孩子是不是方齐谷了。"

"讲得妙，讲得好。这样我就有幸认识一下大伙了。"

"哎，话是这样说。""坐着的飞行员"心情开始变得忧郁了，"足迹是在路上消失的，为何一下子会来到这儿呢?"

纪念像只是淡淡地笑了笑说。

"我看得出，你们对孩子们还不是很熟悉，不然，你们总该知道，有些时候，他们喜欢站在电车的缓冲部位来旅行。"他很客气地说，"当然，他们不应该这样做，因为这是不被允许的。可是他们还是那样做。现在我想起来了：就是昨天，那位孩子还抓住缓冲部位到这儿来了呢。后来是一个警察叫他下来的。"

"这么说，毫无疑问一定是方齐谷了。""坐着的飞行员"高兴得喊了起来。

"既然是这样，就别再耽误时间了，赶紧去叫别的人吧。"

几分钟以后，这一群朋友（不过谁都知道，已经少了将军和金丝雀了），来到了纪念像下，准确地说是来到了马蹄下，焦急地等待着斯毕乔拉的回答。

斯毕乔拉神经质地往返于台阶之间，虽然这些台阶都是大理石做的，他似乎想要把它们都吸到鼻子里去似的嗅个不停。为了绝对把握，它嗅了好长时间呢。其实，他早已辨别出了方齐谷的破了底的鞋子的味道了。

"终于又找到你了。"他心里高兴得不得了。

"倒底怎么啦?"在船上呆着的"半脸胡"不耐烦没好气地冲口问道。

"找到方齐谷了。"斯毕乔拉用肯定的口气说。

"太好了，骑马的鲸!"

没有人知道这"半脸胡"船长的这句话是什么意思，那么起劲地喊起现在没有的、将来也不会有的"骑马的鲸"的东西。只要一上劲头来，就是他自己都不清楚说了些什么了。

面对这一突破，就连纪念像也深感知足。只听得他在那上面、在那样高不可攀的上面，在那夜色朦胧中，雪花漫天飞舞的空中笑着。那笑声沿着马蹄落下来，震得马蹄也抖了起来。

"好，真的不错。"纪念像说道，"好，很好，非常好！"

特种步兵队上校立刻决定由他的军乐队立即举办一次小型音乐会，来祝贺这一重大突破。谁知这一来，又引出了另外一件非常奇怪的事情来了。当喇叭疯狂地吹起激昂的进行曲的时候，铜像的马蹄竟离开了基座，跳起了十分有趣的舞。

洋娃娃们高兴地拍起了手从车厢里跳下来。大家都跳到了地上：印第安人，战士，铁路员工，牧童，他们一人拉了一个洋娃娃跳了起来。但是，黑洋娃娃没有跳，因为"坐着的飞行员"没有邀请她跳，她不愿意和任何别的人跳。

"真棒，好极了！"纪念像用他的铜声赞许地说，"我甚至误以为是复活节哩！"

就在此时，斯毕乔拉两眼一直紧紧盯着足迹，倒不如干脆说他的鼻子始终都在嗅着气味更好些。过了一些时候，他提醒他们：

"我们快走吧，方齐谷正在等着我们呢！"

"我们走吧，该走了。"

纪念像祝贺他们能够旅行愉快。

他们又重新上了路。沿着一个孩子的破鞋留下的踪迹，穿越大街小巷，穿过很多个广场……

到达目的地

"就是他们，男爵夫人！"

"特雷萨，别说话，别说话，否则你又要把他们吓跑了。"

"天啊，还差一个！"

"别说话，要不然，扣你的工资。"

老仆人一听到这个，马上就闭上了嘴，因为她知道，如果贝发娜许下什么宏愿说要加工资，你就毋须跟她较真，只当没这回事就行，但一旦威胁说要减少工资，那你就看着吧，一定不会食言的。

这两位老太太冒着自己所骑的扫帚可能会倾覆的风险，跑了整个晚上。现在结束了礼物分发的工作，正要回家的时候，贝发娜别针一样尖的玲珑的小眼睛穿过雨雪，发现蓝箭正沿着通向郊区去的电车路线全速行驶呢。

"看，这不就是他们吗?"贝发娜说，"哎，连小偷的影子都没有呀!这哪里会是被小偷逼跑的呀，肯定是他们自己从我那儿逃跑的。这些无赖们，真是一群忘恩负义之徒。盯着他们!"

"男爵夫人，真的是他们。"女仆加了一句。

"别说话，特雷萨，要不别说话，要不就是你故意帮他们逃跑。"贝发娜怒气冲冲地喊，"另一句话我早已经说过了，用不着再继续重复。"

两个老太太在树枝之间隐蔽着，骑着扫帚，用轻巧的小动作从这棵树跳上那棵树。逃犯们目前还未发现任何动静。相反，整个行进队伍都陶醉在欢乐的气氛之中，真是非常热烈。

"气味越来越重了。"斯毕乔拉说，"很显然我们快到了。"

"不过，你能肯定那是方齐谷的气味吗?"

"保证不会错。这个孩子的味道在千百人的气味之中我都可以辨认出来。"

大家都屏住呼吸，生怕扰乱了他。

忽然，银笔取下嘴里的烟斗想要说什么。但什么都没说，反倒是他的两只耳朵向着各个方向转来转去，好像那些狼耳朵似的。

有个骑马牧童，他十分了解印第安土人，见他如此，知道一定有事，就立即跑去向站长报告。

"印第安土人发觉什么了吗?"

"用这个? 我认为，他们的耳朵也是用来听声音的吧。"

"看起来银笔很烦躁，也许是他嗅出了有些什么危险吧。"

"哎……他也开始嗅啦? 好吧，看来这火车不是电动的，反倒是嗅动的了。除了斯毕乔拉，一嗅就是几个小时其余什么都没干，看，这下又来了个糊涂老头也开始嗅上了。得了吧，让我消停一会儿吧。反正没有任何理由可以再让蓝箭停下来了。"

有些时候，站长显得相当固执。但要是真到了那时候，银笔要他停车他还是得停下来的，任何人都不敢违抗他的指令。

"我们到底玩的是什么把戏？"站长怒气冲冲地冲口就喊，"这儿谁是指挥？"

银笔眼睛一动不动地看着他。

"听见了杂音，好像有人在树枝上走动。"

"你们都快疯了啊。"站长也开始用银笔的姿态讲起话来了，他吆喝着，"为什么不直接派飞机去查看一下？"

就在这时，只听得一阵咯吱吱断枝的声音，原来是老女仆担心掉下来，抓住了一根树枝。也活该她自认倒霉吧，她抓的那根树枝也太细了。

"嘘——！"贝发娜嘘了一下，"别出声！就呆在那儿，别动！不然，他们会发现我们的。"

"啊呀呀，我呆不住了，我要掉下去了。"

"我跟你讲，让你呆在原处。"

"您还是和树枝讲吧，男爵夫人，我真的觉得它快要折断了。发发慈悲吧，主人夫人，请帮我一把……"

一听叫她主人夫人却不是男爵夫人的声音，贝发娜顿时暴跳如雷。特雷萨担心她的主人打她，慌忙地抽身往后躲。因为过分慌张，身体失去了平衡，她"啊——"的一声掉下来。幸亏掉在雪地上，没有摔坏。正在此时，印第安土人迅速跳了出来，将木桩似的斧子插在了她的裙子上，牢牢地把她钉在地上。而"坐着的飞行员"一直不断地向她直冲，用发动机的轰轰声吓得她睁大了双眼，张大了嘴，伸开五指，伸直了腿。

惊恐的贝发娜叫喊："快回到树上来！不然我要把你解雇了。你认为现在是玩乌龟翻身游戏的时候吗？"

"救命啊，我的主人，救命啊！我变成了印第安人的俘虏啦！他们会扯掉我的头发的。"

但是，贝发娜感到自己形单影支，无法应战。多年来，玩具们都是一声不响地听从她的指令，在她面前，一个指头都不敢擅自动一下，连一句冒失的话也不敢说。但这一次，她感觉到自己的权威经验不灵验了。这次的逃跑是完全由他们自己策划的，从他们对待她可怜的仆人的方式来推断，他们根本就是不想和她回去。

她叫着："好吧，我自己走。所有的工作都将由我一人去干。不过，如果我扣除了你工资的话，你可别抱怨啊。我一点也不能支付给你，谁让你舒舒服服地四脚朝天地躺在大路上乘凉呢！"

"您说到哪里去啦，我的主人，我真的一点也不舒坦呀。您没看到他们用斧子把我给钉在地上了？"

贝发娜并没有听她说话，自己一边嘟嚷着，唠唠叨叨，一边用扫帚敲打着树枝离去了。她拨弄得树枝咯吱咯吱直响然后渐渐远去。"坐着的飞行员"冷静地保持着一定距离，一直跟踪着她。

"看，她把我一人丢在这儿走了。啊唷唷，这叫我这可怜人如何是好啊！"

银笔在离她鼻子三厘米远的地方站着，很好奇地端详着她。

"印第安先生，你们真要扯掉我的头发吗？这难道不是你们的风俗习惯吗？"可怜的老太太开始乞求他了。

"我们不会扯掉任何人一根头发的。"银笔认真地一字一句地说，"我们都是些能让可爱的孩子们玩得非常痛快的印第安人，绝不会伤害任何人的。"

"唉——，谢谢，印第安人先生。那现在你们要如何处置我呢？如果你们放我走，我将答应给你们……"

"答应些什么？"

"你们看，我列出了一张名单，所有那些没有收到贝发娜的礼物的孩子的名单都在这上面。这都是你们想要的东西吧，他们令我感到心酸……每当他们向我的主人哭诉心中的不快时，他们的那副可怜模样真让我受不了。不瞒你们大家，我都忍不住要哭了。就这样，我记住了他们的名字，你们要看吗？喏，这就是笔记本……也许你们能让其中的什么人感到快乐。不就是为了这个你们才选择逃跑的吗？我只是这样猜想的，不知道是否正确。"

如果让她继续这样讲下去，现在恐怕我们还在那里听她闲扯呢。

银笔很快作出决定。他一把抓过笔记本，并把她放了，立即和大家登上火车，然后又重新叼上了烟斗。

"那么现在怎么办？"站长问道，"我们做什么？"

斯毕乔拉胆怯地说："方齐谷正等着我们呢，气味如此大，一定离他家没有多远了。"

"在进方齐谷家之前，先考虑看看谁愿意留下跟她作伴，剩下的再找别的孩子去。"银笔说道。

"天啊，这才叫到处流浪旅行呢。""半脸胡"打雷似的说道，"如果你们以为我很愿意一生都过着旅行生活的话，那就大错而特错了。只要一到方齐谷家，我就会立即跳进脸盆，扬起帆，拉起锚。鸣三声汽笛来为你们送行。"

"半脸胡"的最后一句话被车轮的噪声吞没了。蓝箭又重新上路了。谁都没有转身来看一眼贝发娜那个可怜的女仆。她独自在那儿抖着裙子上的雪，然后用撩起的裙子悲伤地擦干了眼泪。他们起码也该向她说一句客气的问候吧！不过有时候玩具们确实也是挺任性的，就说这次吧，他们不但没说一句客气话，反而是一转身，背对着人家，拔腿就走啦。

"我并不怪他们。"可怜的老人自言自语着，"事情都过去了，他们也没有和我过意不去。但是，他们到底是怎么想的呢？是不是以为我有很多的漂亮礼物但没有分发给众人？他们所想的事情，难道不是觉得我的主人像他们想象的那样小气呢？倒也是，这一次，她又似乎是因什么也不能相赠而离开了。不过，如果说她真正富得像童话里的贝发娜那样，那也就用不着付钱，见者有份。可是她毕竟并不是童话里的贝发娜呀，她只是个现实生活里的，现实生活中的贝发娜也就只能为付钱的顾客服务了吧。"

那个老太太因为一不小心跌了一跤，现在只能一拐一拐地朝着贝发娜的店铺走去，她还要为主人准备咖啡哩。

"我为她在里面放上三匙糖酒，这样她会很高兴的，一高兴就不会对我骂得太凶了吧？如果真要骂，我最好就装聋得了。"

再来说一下斯毕乔拉，它现在是越跑越快了。因为现在这气味太重了，用不着低下头去，即使是逆风，它也能嗅得一清二楚。

这气味引领着斯毕乔拉进了一条非常窄的小街，那里的积雪已堆得非常高了，以至于蓝箭不得不在车头前安上扫雪机，这才能跟着进到里面。

斯毕乔拉在一扇小门面前停了下来，司机赶快拉住刹车杆，差一点就撞着了他。

"我们是到了吗?"大家都问，"就是这儿吗?"

"就是这儿。"斯毕乔拉确定地说，同时他的心都快提到嗓子眼了，两只耳朵里呼噜呼噜地响个没完没了。

"那么，我们快进去吧。"站长一边说，一边好奇地盯着门出神。

这是一扇与别的所有门相同的门，但所不同的只有一处，那就是别的所有的门都是关着的，可这扇却是开着的。

"这个人真是的!"站长大声说着，"在这样的隆冬季节，又是下雪天，竟然开门睡觉，不会觉得冷吗?"

斯毕乔拉从门框钻了进去，所有人都等着他把消息带回来。

"真是想象不出方齐谷见了我们之后会有多么的高兴啊!"三个木偶说。他们三个只有在所有的人安静下来后才能说话，这样才好让别人能听清自己说了些什么。然而他们的见解通常引起的只是一片沉默。

斯毕乔拉在那儿，在门槛的阴影里站着。他的眼睛往下看、再往下看，都快看到脚了。他看着地，好像在看着什么东西。其实他只是看着自己滴到地上的眼泪。斯毕乔拉哭了。

"里面一个人也没有，是座无人居住的房子。"他认真地说。

三个木偶的心

蓝箭上的所有旅客们悲哀地面面相觑。只有洋娃娃们没有去看任何人：哦，原来她们在火车的轻微晃动下早已睡着了。

司机叹了口气说："真是个可怜的孩子，谁知道他发生了什么事吗?"

"我们走了这么多的路，结果什么也没有。"列车长埋怨的说。

斯毕乔拉重新振作起精神，又回去嗅了好一阵，但是毫无希望。

气味就是在这个空房子里终止的，这肯定没有错。斯毕乔拉在那里还辨别出了别的一些气味，可能是方齐谷的父母的或是兄弟们的，因为很像是亲戚。

"天啊，水淹龙王庙啦！"雷鸣般的声音一听就知道是谁在喊，"我还以为来到了一个港口呢，看，我们又一次置身于海洋的怀抱之中了。"

洋娃娃们一个个地醒了，她们都先是从小窗口里面探出了头，继而又急忙下了火车，但是很快又上去了，是怕雪水会弄湿了她们的脚。牧童们的马蹄敲打着雪地。银笔的烟斗里激烈地闪着红光。

"看来我们只能是重回到贝发娜的店铺里去了。"站长忧伤地嘟哝了一句。

"不可以！""半脸胡"厉声说道，"我宁愿到阴沟里去航行，宁愿当海盗也不要回去了。"

"那么，你们都有何高见？"

"我跟您讲：我认为，贝发娜那儿是断然不能再回去了。"

银笔想到了贝发娜的女仆的那本笔记来了。他把它从口袋里取出来，就开始仔细查找。

"这里有很多的方齐谷。"他看了一会儿说。

蓝箭的旅客们看见后，又燃起了一线希望，有人就问：

"那有我们的那个方齐谷吗？"

"这里有许多别的方齐谷，还有很多安娜、彼得、马利莎和朱赛佩。"

"都是那些没有从贝发娜那里得到过礼物的孩子。""半脸胡"嘟哝着，"谁知道呢……可能……我说得对吧？"

"可您还什么都没说出来呢。"站长反驳说道。

"那您也同样能理解的。""半脸胡"坚持说。

站长勉强认可地回答道："就算是这样吧，我知道您所想的事。如果我们找不到方齐谷，我们还是可以让别的小孩们幸福。对此，银笔有什么意见？"

　　年老的印第安人头头对于世界上会有如此多的方齐谷没有礼物，感到非常迷惑不解。可能他以为全世界只有一个方齐谷，最多也就两个：一个阔少爷，一个穷孩子。谁又知道在笔记本里居然会有那么多，如果要全部数一数，就得起码上了小学三年级才可以。

　　"啊，好多的方齐谷啊。"他重复地说着。

　　仿佛他只是在此时此刻才发现世界很大。是啊，他们周游了整座城市，看见了成千上万户人家和他们成千上万扇窗子，在每扇窗子里面最起码应该有一个成人，或者会更多些，但谁知道会有多少孩子在里面呢。他们的相貌特征也都不尽相同，然而归根结底，他们却又都很相似，因为他们都等待着贝发娜发出的礼物。

　　"我们去找这些方齐谷去吧。"银笔终于说话了。

　　"呃，我们正在讨论这个问题呢，差不多已经谈了快一刻钟了吧！"

　　银笔认真地看着他们：也许他是有义务听一听他们的闲聊。

　　"那么快出发吧！"列车长说道。

　　"大家都上车！"站长大声高呼。

　　其实也已经没有必要再这样叫了：旅客们早已在车厢里了，他们在座位上都缩成了一团，一个贴着一个互相取暖。

　　三个木偶冻成了一对半，他们的上下牙齿成对互相磕打，声音响得能使整个车厢的人谁也没法入睡。

　　"哎呀，你们能不能让我们静一会？"旅客们抱怨着，"你们没看见我们都累成了这个样子，现在真的很需要休息吗？难道你们就没有一点同情心吗？"

　　"是的，我们确实是没有什么同情心的。"三个木偶齐声回答道。

　　"你们倒是很会开玩笑的嘛。"

　　"不，这是真的。我们的的确确是没有心的。我们是由木头和坚韧的纸造成的。如果我们有心，就不会冻成这样了。"

　　一个红笔女孩从彩色笔盒里欢快地蹦出来了。

　　"这事让我来办。"她说。

　　她用她的笔尖很快地就在三个木偶的西装上各画了一颗红心。画了三颗漂亮的红心，画得如此的大，竟占据了整个胸部。

"看，画完了。"红笔女孩一边宣布说，一边用满意的微笑看着她的作品。

"谢谢啊。"三个木偶高兴地说道。

"现在觉得会好些了吗？"

"哦，是的，好多了。有了心脏，我们觉得胸腔里开始有些热了。"

几分钟后，他们感觉耳朵、手、脚都开始发热了。也就是说，在远离心脏的每一个点都开始暖和起来了。原来，在那些地方，寒冷玩耍得很欢，寒冷越欢，也就越折磨他们。

"如今，我们觉得全身都是暖洋洋的了。"三个木偶说，"有了一颗心真是太好了。"

他们平静地躺下后，幸福地感受着自己的胸部，那里的巨大的红心就像是三枚荣誉奖章。

印第安人和牧童的马蹄嗒嗒嗒地踩在冰雪上，使冰雪发出爆裂的声音。在这爆裂声的伴随下，蓝箭正缓缓地前进着。在车头的前面，这开路先锋……

"是斯毕乔拉！"也许有人会这样说。

不，朋友，你错了。斯毕乔拉并没有来。斯毕乔拉停在那间被抛弃的屋子的门槛上并没有和我们一起出发。

"我不和你们一起去了。"当时他胆怯地说，"我一定要找到方齐谷。"

"嗨，方齐谷有的是！"

"这我也知道，不过我必须要找到我们的朋友。"

还真是忠诚到底呀。小狗凄凉地望着缓缓驶离的蓝箭，随后蓝箭以中速奔驰而去，车上的塔灯宛如惜别时的目光，一系列小窗户好像长长的一排萤火虫。

现在摩托车运动员担任开路先锋，他把记有孩子们地址的那本笔记本打开并放在车把手上，就像是放在书架上一样。他的头顶上是"坐着的飞行员。"

"祝您旅途愉快！"斯毕乔拉用微弱的声音喊着，但是没有一个能听到他的喊声。那时候斯毕乔拉蜷伏在尾巴上，并用一只足掌拭着眼泪。

方齐谷的故事

方齐谷今年有10岁，四年级，课余时间都是在帮助父亲卖报。

方齐谷的父亲是位高声叫卖报纸的人，他和许多的同行一样，要么站在广场的一个角落里，要么就在电车的某个车站上，手里拿着一捆报纸高声吆喝着当时最重要的消息，吸引人们来买他的报纸。

初冬，爸爸病倒了。这一捆报纸就只能全靠方齐谷去卖了。法律并不允许孩子们工作，而且那些高声叫卖报纸的人又十分吝啬他们的职业。起初，对这个小报童，他们确实没有投去好眼色，但由于对病倒的同事的家庭所产生了怜悯，后来他们说："你可以做到直到你爸爸病好。"

每天卖完报，方齐谷回家之前，总是要跑来看一看放置在贝发娜橱窗里的那可爱的电火车。他是多么想拥有它呀，可是他必须把卖报挣来的所有钱全数交给父母，一分也不能留下。

早晨，在上学之前，方齐谷还要为两个小弟弟准备好早餐，因为妈妈出门很早，好到一些先生的家里去做些杂活。

方齐谷既要上学，又要卖报，还要帮着照看小弟弟们，就这样，他能玩的时间就极少了。

临到圣诞节的时候，爸爸的病情加重了。在主显节的前几天，他竟然去世了。

这个小小的家庭只好离开原住所，因为现在的房租贵得吓人。方齐谷和妈妈将少得可怜的家具装在一辆小推车上，把两个小弟弟抱起来并安置在上面，然后推着车往郊区去。那里，城市已在宽广的田野间消失得无影无踪，继而出现的是众多的以木头和金属板搭起的棚子，窗子上没有玻璃，是用旧报纸或几块布掩住窗洞，于是他们进入了这样的一间棚子住下了。

由于原先的那双破鞋已破得像一只沉没的船，到处可以进水，孩子把它给甩掉了，穿上了他爸爸的那双鞋。他爸爸的那双也已经破旧，因为它也参与了整个"战争"，鞋底下也有那么几个窟窿，只是鞋面依然完好无损。方齐谷的脚显然是太小了点，在里面正好空出好大一块空间来，但至少是松了些（换了双鞋，这样斯毕乔拉就开脱了，因为那个非凡热闹的夜里，它再也没能跟踪方齐谷的足迹……）。

此外，即便出现奇迹，就算斯毕乔拉真的找到了它的朋友的新居——用木头和金属板造起的破棚子，但是那天晚上它也只能是扑个空，因为方齐谷并不在家。

自从爸爸死了以后，他已经不可能再继续他的小报童生涯了：因为他还没到得到卖报执照的年龄。因此，他只好另寻门路。他很快就找到了工作，在一家不大的电影院里。方齐谷头戴一顶蓝帽，帽下垂着一束头发，脖子上挂着一个小盒。在场间休息时，他游转于观众之间，叫卖着各种糖块和口香糖。电影院关得很晚，往往要半夜以后才结束。然而方齐谷还得在最后留在那里用一把小时打扫地板。这地板简直就像烟头、废纸还有果皮等垃圾的公墓。

上午，在学校的时候，方齐谷表现得神态恍惚，充满睡意。

他一直是个聪明好学的孩子，这一点老师也很清楚，如今见他却头枕课本就睡着了，老师的心里会多么的不平静呀！

有时候老师极严肃地说："方齐谷，今天早晨，你又没有洗脸，快去厕所用凉水清醒一下。"

方齐谷慌忙地站起来，穿过课桌，没敢看一下正在嘲笑他的同学们，顺从地按照老师的命令去做了。

方齐谷有他自己的脾气，他宁愿死也不愿讲述他不幸的经历。这样，就没有任何人知道，那个两眼间永远有一束不变也不梳的额发的、身材瘦弱、脸色苍白的可爱孩子，已经开始以工作来供养家庭了。

主显节那天晚上，方齐谷像往常一样，又去"希望"电影院了。他头戴蓝色军便帽，糖盒挂在脖上。离第一次中场休息还有几分钟时，方齐谷就会站起来，背靠着墙看电影。

银幕上有两辆汽车正风驰电掣般地行驶着。第一辆车里面有四个土匪，手里都端着手枪。第二辆车里是警察，在后面紧追不舍。方齐谷急切地渴望土匪们被追上。他觉得自己也已置身于其中，正在警车里，他心里在不停喊：

"快，加油，我们快逮住他们了！加油！快拐弯，别慢下来！小心，小心，他们可要开枪了！"

一个土匪正从小窗口里探出来瞄准了握着驾驶盘的警察。

"小心！"电影院里的孩子们高呼着。

然而此时银幕中的警察，是肯定不可能听得到他们的警告的，即便听到了，也不能因此而离开自己的岗位呀。

正在这时，电影第一集结束了，有人打开了电灯。方齐谷步入其中几排安乐椅之间叫卖着：

"糖块！薄荷型口香糖！糖块！糖块！"

在第二集放映时，他必须帮电影院经理打扫办公室，因此就无法看到这一声枪响的结局是如何了。这部电影又重新放映了一次，但方齐谷又只看到了结尾那部分，还是对影片内容一无所知，留在他眼睛里的只是那个用手枪瞄准司机的土匪的一脸凶相。尽管他努力去思考别的事，但也无法把他从脑海里赶跑。

电影院里只剩下他一人了，他一边打扫卫生，一边不断地抬起头四下张望，生怕会突然从身后出现一个面目狰狞的土匪。其实这只是糊涂的害怕，就像所有其他的害怕一样。但是，害怕有一个臭德行：谁越糊涂谁就越害怕。

他干完活还在害怕呢，四周静悄悄的就只有一个人，他就要在这茫茫大雪中独自回到他的棚子里去了。方齐谷把一只手放在胸口，压住了仿佛要跳出来的心。心跳得如此厉害，噔噔噔的噪声充满了耳朵，妨碍了他的听觉。如果他不是如此担惊受怕，就一定能听见从大门后发出的一声微弱的口哨了。要进行突然进攻，就得急跑几步。可是，这一切他全然都没听到。他只感到有一只手堵住了嘴，一只胳膊卡住了脖子。有人狠劲地把他拖进大门内。

一个声音说：

"够小的啊，再合适不过的了。"

"再试试看。"另一个耳语地说。

令人窒息的声音又响了起来。当他眼睛刚刚适应这周围黑暗的环境时，方齐谷看见了两个奇怪的人，从鼻子到下巴的脸部都戴着黑色的面罩。

"是贼!"方齐谷想。瞬间，刚才在影院里那种满身害怕的感觉一下子消失得不见踪影了。另一个更强烈的害怕占据了它的位子。

那两人想对他做什么?

其中的一个始终用手堵着他的嘴，不让他叫出声来，但是方齐谷连咬都不敢咬他一口。想着一个小孩对付两个男人，会有什么办法。他们很可能还带着凶器呢。

其中一个贼指着一个非常小的小窗口问道:

"看见了吗?"

方齐谷慌乱地点了点头。

"我们不能打开商店的门，你从那个窗口进去，从里面帮我们开门。知道了吗? 当心点，别想着给我们使坏，要不然，看我们怎么收拾你!"

"好了，别跟他再啰嗦了。"另一个家伙插嘴说。

方齐谷企图反抗，但立刻在胳膊上便受了猛烈的一拳，警告他放聪明点。毫无办法，他只好服从。

一个贼抓住他的腰然后把他举到小窗口前。

"窗口太小了。"方齐谷喃喃地说，"进不去啊。"

"头先钻进去。只要头能进的地方，整个身子就都能进去了。快点!"

伴随着命令一起来的便是另一拳。这一下就打在腿上。

方齐谷终于把头钻了进去。里面一团漆黑，什么也看不见。他们说是商店，鬼才知道是个怎么样的商店?

当他费力地钻进窗户的时候，这两人才能抓着他的腿。到了合适的时候，其中一个踩着另一个贼的肩，这样才能继续抓住方齐谷的脚把他慢慢地送下去。

方齐谷头朝下沿着墙往下滑溜，一直滑到了地板上。于是他摇了摇腿让他们松手，他一下就倒在地上。

他待在原地几秒钟没动，只听到一个贼用严厉的口气小声命令说：

"你在干吗？赶快干啊！门在右边，有门闩，你先将它取下，然后把吊门提起两巴掌高。快点，蜗牛。"

方齐谷站起来用手扶着墙壁向前。"哦，这就是门了。"他的手指感觉到了门闩的冰冷。瞬间，因恐惧而麻木不仁的脑子一下就清醒过来了。他想到了一个好主意。

他想："我在这儿很安全。他们是不可能到得了我这儿的。这么办：我就是不替他们开门。如果他们不想被抓住的话，他们就不得不离开这儿。"

从窗口传来了贼的愤怒的声音，命令他快点。方齐谷一动不动，甚至开始笑起来了。

"就让你们发怒好了。"他自言自语地说道，"你们肯定没办法进来抓我。是你们自己说进不来的嘛。"

可是另外一个念头的浮现赶走了他的平静。

"可是贼走了以后，我要怎么出去？到那时他们在这里面抓住我，或者在我暗中逃走的时候一把抓到我，然后一个个看着我。他们会把我当做是小偷的。即便我对他们讲是坏人强迫自己从窗口进来的，到时候谁又会相信呢？"

他真是不知该如何做才好了。幸亏那两个贼给了他启发。忽然间，方齐谷听见他们谨慎而又愤怒地敲着吊门。

"打开。"声音很低，但很显然是充满了愤怒，"赶快打开，否则没有你的好！"

"你们就敲吧，敲吧，要是让他们听见了，你们就完了。"方齐谷这样说。猛然，他想出了又一个好主意，是的，我该这么做：弄出些声音来，把店主吵醒，发出警报声。这么一来，人家就会知道我不是土匪了。"

他握紧拳头，用力地敲打着金属板，一边大声喊叫：

"救命啊！抓贼，抓贼！救命啊！"

他听见有个人噔噔噔地急促地跑了过来。或许贼们已经及时逃走了。

方齐谷便更加快速地敲打着，使尽全身力气高喊着。他又怕起来了，呼喊的声音一公里以外都能听到。只听见一声哨音，接着另一个哨音作了响应。从喧哗声中听到警报的夜警们赶到了现场。

听到外面的脚步声之前，方齐谷始终没有停止他在吊门上的敲打。带有威胁性的、强有力的声音让他知道了盗贼已被抓住：

"站住！再不停下我可就开枪了！如果再往前一步，我就要了你们的命！"

"谢天谢地，他们抓到贼了。"方齐谷喃喃地说道，一下子坐在了地上。

一会儿有人敲吊门：

"是谁在里面？快开门出来吧，现在已没有别的出路了。"

方齐谷把吊门往上推了几公分，立即便有一只强壮的手从上面把吊门给抓住了。门口出现了一个手里握着手枪的夜警。外面，大街上，其他的警察正在给贼们上手铐。

"哎，是个孩子呀。"夜警揪住方齐谷的一只肩膀惊讶地说。

"我与这事无关……是他们……"方齐谷用轻轻地声音说道。

"嘿，与你无关吗？那你倒说说你怎么会在商店里面呆着的？难道你是想替贝发娜拿走一个可爱的礼物？"

在夜警的手电筒照射下，方齐谷终于看清了这是个什么商店。他的心开始扑腾。原来，他认识这商店。是个玩具商店，是蓝箭商店！但是，毫无疑问，那两个贼不是去找蓝箭，他们找的是后房保险柜。

"我不清楚……"

"好，好，你不了解。因此你是在梦中到这了的，是吗？别啰嗦啦，赶快跟我们走。你向局长去解释吧！"

就在这会，一辆警车开来了。方齐谷被押了上去，被安置在戴着手铐的两个贼中间。那两个贼就开始急匆匆地报起仇来了，他们用手肘狠狠地击打他的胸脯和肩膀。"你也别想脱身，"当中一个贼紧咬牙关噜噜地说，"等到了警察局，我们就说是你跟我们一起商量后，然后一致同意这么做的，或者干脆说其实就是你给我们通报消息并指引了路，要不然我们还不可能认识贝发娜的商店呢！这样，警察就会替我们报仇的。"

"那后面，安静。"一个警察命令，"再吵，把你们的嘴给缝起来。"

方齐谷请求说："先生，请您听我说，这事与我没有一点关系，我一点也不清楚呀。"

"好了，好了。现在你先安静下来。看看，连主显节也不能让我们休息一下。"

"我们就没有节日，对于我们永远都是工作日呐。"

"你想说的是夜间工作日吧，"警察反驳道，"不过你现在这模样倒是挺合适嘛。你还是留着你的玩笑和老鼠开心去吧！"

30分钟以后，方齐谷在警察局走廊的板凳上坐着，由一个警察看管着。他们没有将他关在那两个贼的隔离室中，毕竟他还是个小孩子嘛，但是他也是作为一个罪犯而被捕的。

方齐谷很想要讲一讲他的事，解释一下事件的来龙去脉，但是没有一个人听他的。一个警察反而训了他一顿：

"这么小的年纪，真不知道害羞！你应该是在摇篮曲的催眠下去梦里找贝发娜。但你倒好，和城里不务正业的贼合伙到处偷商店里的东西。我跟你说吧，要是我有一个像你这样的孩子，早就几巴掌打下他的耳朵来了，再一连踹几脚，非得把他的裤裆踢破。"

方齐谷吞声饮泣着，这眼泪是既苦又咸的呀！

"现在你哭的真像鳄鱼。"

另一个警察也走了过来并且给了他一滴咖啡，然后长长地叹了一口气，好像有什么事给他带去了烦恼。

方齐谷就这样头靠着墙睡着了。

"坐着的飞行员"着陆

摩托车运动员当上了开路先锋后就非常得意。

他两条腿骑跨在车座上，然后两只手紧紧地握住车把，将油门开到最大，快速地越过积雪的小山丘，毫不减速地越过冰冻的污水坑。排气管的烟气直扑到蓝箭车头，这儿一来使得司机是大发脾气：

"是不是我们又回到了那样的时代：依据法律，火车的前面应该有一只放屁虫向人们报警呀？"

到了该停下来的时候，摩托车运动员举起了一只手：

"停下！这里住着达维利欧，今年九岁。谁愿意下来？"

九名宇航员背着他们的星际火箭走下了车。

"这里是翟伯罗妮的家，她是七岁。然后该轮到谁啦？"

洋娃娃们正在商量着：

"我下去吧。"

"不，还是我去。"

"那我们还是一块去吧，这样也算有个伴。现在也不清楚，说不定是个惹人厌的女孩子呢！"

最后还是两个人一起下了车。她们看着前面停着蓝箭的建筑，又让摩托车驾驶员重复的说明了一下路线，以避免走错人家。然后与同伴们挥挥手告别，手拉着手就进大门里去了。

摩托车驾驶员在后面提示着她们："你们小心，是 A 台阶哦，内院 27 号。如果门上有门帘，你们就得钻到下面，这样，在那儿等到天亮也不会冻着。如果门开着，你们就进去找到挂在壁炉上的袜子，找到后就钻进去。如果有信箱，你们也试试看，能进到里面当然就更好了。"

两个洋娃娃手拉手上了台阶，一步一阶，心里既恐惧又慌张。小可怜，不用担心，只要你们用脑袋好好想一想，甚至很容易找到那只正在等着你们的黑袜子。当贝发娜的袋子里什么也没有时，是贝发娜自己来考虑这些的。但是现在，当你们只有自己的时候，没有任何人会帮你们，一切都得由你们自己干，那么，事情就不同了。到最后还好，没有任何人出任何差错。当天早晨，人们醒来的时候，很多小女孩会因如愿以偿而感到很幸福。

应该下车的旅客下了车，摩托驾驶员继续踏着脚蹬，发动了发动机又出发了。

"小保罗住在下一站，是个五岁的男孩。我提议要一个木偶下去。"

"一个木偶？"三个木偶把头探出了窗外，一起惊呼了起来，"这不可能。您难道是想说三个木偶？我们可是三位一体的，绝不能分离。现在，我们也有了心，不，是三颗心。如果有心酸事，我们的悲痛将是别人的3倍。"

最后还是三个一起下了火车。他们按照自己的习惯，东蹦西跳地向着所指示的门走了过去。他们的三个脑袋一起向左，向右，又向左。总之，他们之中只要有一个想转过身，就必须得三个一起转。

"那个孩子一定会非常高兴的。"他们说，"三个木偶就可以演一出戏啦。一个能做什么呐？"

"得了，得了，三个功勋演员。我的天啊，你们快走吧，祝你们好运！"

"非常感谢您，船长先生。"

上了台阶，他们心里想着：

"虽然我们的那个小孩不叫方齐谷而是叫保罗，但我们也同样很喜欢他。我们一喜欢可就是三倍于别人哪，因为我们有三颗心呢。"

他们自豪地摸着胸脯，想确认一下心是不是确实还在那儿，毫无疑问，心还在那儿：红如樱桃热似火。

"假如他觉得冷，让我们来给他暖和暖和就好了。"他们一面想着保罗，一面说。

嗯，好棒的主意！一个玩具想为人家暖和……嗯，也许吧。谁知道呢，从来都不只是火炉和暖气设备才能给人取暖的。有很多东西可以让人暖和的嘛！例如说几句客气话。兴许连这三个拴在线上的木偶也就……

"停一下！这是八岁的利维雅的家。谁下去呢？"

站长提示了一下："最好是一个洋娃娃。"

现在只剩下黑洋娃娃了。她有着一双只为"坐着的飞行员"而存在的眼睛，倘若看不见他，那她就对世界上的所有都不会感兴趣了。

"快点，该你了。""半脸胡"船长粗鲁地喊了一句。

所有的人都看着她，并且几乎是用责备的眼光看着她，因为她竟一动也不动地坐在座位上，失魂落魄地望着空中烦恼着。突然，黑洋娃娃大哭了起来，大家将她团团围住了，都争着靠近些好仔细看看她。

"她是怎么啦，我们替她找了一个人家，她倒开始哭鼻子？"

银笔取下烟斗说：

"她不想找人家，她是想找飞机。"

"怎么了？谁想找我？""坐着的飞行员"探出机身问道。

"半脸胡"讥笑地说："有人发誓不离开你。啊，女人！我从来都没有把女人带到空中去过！"

"坐着的飞行员"好奇地看着黑洋娃娃：

"真是很稀奇古怪，对于她，我也没表示过什么呀，她怎么为我哭泣了呢？"他想了想。

"总之，我要询问一下。"黑洋娃娃哭着喊到，"凭什么'坐着的飞行员'就不可以也去利维雅那孩子那儿呢？难道飞机只是为男人而创造的？现在女人也能进入太空，我们这般和男人们没有两样，但我认为利维雅那女孩未必对只得到了一个洋娃娃就感到满意……"

正当别人迷惑并沉默不语之时，"半脸胡"从栏杆处啐了一口唾沫后高声嚷道：

"天啊，好一个伶牙俐齿的姑娘！我们还以为这位小姐她只会哭呢，其实不是，她甚至还会发表演讲呢。"

"她的想法我喜欢，""坐着的飞行员"说，"我看鼓励妇女搞航空事业不只是正确的，而且还是很有必要的。"

"多动人的故事啊！""半脸胡"评论道，"既然你喜欢黑洋娃娃，那就这样子定了吧。"

"你这是什么意思？对她有什么意见？你是想让我向你投几个炸弹？是想让你的那只破船沉底吗？"

不过幸好，一场海空战并没能发动起来。银笔用他的烟斗简单地做了几个手势，使双方平静了下来。"坐着的飞行员"着陆后，让黑洋娃娃坐上了他的飞机，让她系好安全带，然后又一次飞上了天。不久后就落在利维雅女孩床前的那地毡上了。

这第一次飞行，黑洋娃娃就显得十分勇敢。而且，和"坐着的飞行员"在一起，就算可能被迫跳伞，她也绝不害怕。

"半脸胡"起航

下一站就该轮到"半脸胡"船长了。

看，说到就到了。摩托驾驶员举起了一只手示意让队伍停下来。

"罗西海员家到了。"领队这样宣布道，甚至连发动机还没有熄。

"海员？还有个孩子叫海员的？天啊，他家里有个海员俱乐部吧！这会儿该轮到我了。"

你们都能听出来这是"半脸胡"的声音，对吗？

"既然是海员，那他一定非常喜欢大海啰。既然非常喜欢大海，他就应该有条船吧。既然他很需要一条船，那么看，这儿正好有一条世上最快、连续航行的时间最长的双桅帆船。朋友们，快来，帮个忙，快把它卸下来。"

要想进海员的家，就必须要上三层台阶。积木总工程师一眨眼的功夫就造出了一座铁索桥，帆船扬帆而上。

"非常感谢诸位，现在接下去的一切由我来处理好了。""半脸胡"声明说，"你们去做你们的事吧。我再检查一下我的一切是否都安好。快走吧，你们还在等什么呀？天啊！怎么都泪汪汪的啦？你们正在想什么？"

大家都呆在那儿，一个一个地握住他的手，眼圈都红了。"半脸胡"和大家处得都很好。他总是喜欢大惊小怪的，虽然这是事实。但正像一句老话说得：会叫的船长不伤人。

"我们大家都十分激动。"银笔拿下烟斗说。

"激动啊！激动？激动是什么意思？我可不十分了解这个词的意思，我也没有字典好仔细查一下做什么解释。再说了，即使有字典我也懒得查阅。"

事实上，他自己也十分激动。他是海洋里的一只老狼。——光荣的双桅杆船的、只剩半边胡子的长官。

"我们以后还会见面的嘛。"他说，"地球是会转的，难道你们都没有学过地理？只有山脉是留在原地不动的。可我在这里并没有见到什么山不山的。"

不过大家一致都愿意留在这儿目送他，用链子拉着双桅船，就像一辆小手拉车一样紧跟在他后面进了家门。

以他习惯于观察飓风和风景的眼睛，"半脸胡"不费吹灰之力地在他所呆的房间里弄清了方位。他立即发现了那个对他来说很需要的东西：好一个脸盆形状，大小正好合适双桅帆船，里边已盛满了水。

"半脸胡"高兴地说："真是太好啦，我倒想看看明天早晨，当我们的海员跑过来洗脸时，瞧我和我的船在里面，那他会多么高兴！我敢保证，他正睡得香着呢。他的眼睛一定还闭着，什么都没发现。一会儿他或许就会在梦里把手插进脸盆里开始玩水了，他碰着凉水会吓一大跳的，其实他碰到什么啦？碰到了我的船上最高的燕尾旗了。于是，他就睁开了眼睛。而我呢，早已经做了准备，等着向他打招呼呢。于是我就说，我是'半脸胡'船长，我的整支船队都将听从您的命令。"

这样一边自言自语地嘟哝着，一边利用锚链，"半脸胡"将双桅船下到脸盆里，然后任由它在缓和的摇摆中平静下来。

"终于到水里了。"他得意地小声说着，"夜，静悄悄的，雪已经停了，但季风季节始终是漫长的，我既没看到鲨鱼，也没看见海盗，与其坐在这儿等天亮，倒不如稍微打个盹儿吧！"

就这样，他睡着了。醒来之后，一切都正像他所想象的那样。

第二十七号养路房

就这样，逐家挨户地走下去，我们的这些朋友越来越少了。现在蓝箭的各车厢已没有乘客了。

寒冷的黑夜必将过去，曙光就在前面。如今，蓝箭正朝最后一站出发。司机、列车长、站长都聚集在驾驶室做伴同行。所有的车厢已经空无一人了。

终于雪不再下了，寒风吹散了乌云，洁净的天空像一面镜子，闪烁着不计其数的星星。

时间一点一点地逝去。现在，闪烁着的星星已屈指可数。天就快亮了，第一批有轨电车已经开出了车房，行驶在覆盖着满是雪的轨道上，发出了令人难以忍受的噪声。蓝箭司机必须十分小心谨慎，以避免被那些巨大的怪物压扁。

列车长说："最安全的地方，可能就是人行道了。"

"我们可不能违反交通规则，人行横道是为行人和搬运工们设置的。"站长反驳道。

"我们或许可以在两轨之间行驶。"司机提醒着说，"我已经目测过高度，电车在我们头上通过，不会碰到我们的。"

电车从蓝箭上面向前飞驰，一点也没碰着。不过离车顶很近，就如一条可怕的隧道一闪而过，在蓝箭前面奔驰而去。能奔驰的隧道，真让人有点儿心惊胆战，但也会习惯的。

最后一个没有得到礼物的孩子，名叫罗伯多。他住在城外，住在宽广的原野上，至少笔记本上是这么写的。

罗伯多的家事实上不是什么家，而是一间养路房，二十七号养路房。

列车长、司机、站长简直不能相信自己的眼睛。这笔记本为他们引路，竟引领到了一条真正的铁路上了！

一扇窗户里亮着灯光，是守路人在守夜。每一列火车通过时，他都要出来发信号，摇晃着他的灯，然后再看一眼雪，然后把鞋蹭干净之后再走进屋去。

养路房的前后左右，铁轨正向无止境的远方延伸，就像一条钢蛇。

好一个车轨！蓝箭的铁路员工们不要说没有见过，就连做梦也从来没见到过这样的东西呀。那么真火车又是怎样的呢？和你这样说吧，当它们离你还很远很远的时候，大地就开始渐渐发抖了，随后即是猛扑过来的黑色怪物，并且带着可怕的咕隆隆、咕隆隆声，震得你不得不用手堵住耳朵。

这就是真火车，像是快速跑着的一座城池：车厢大得好像房子，上百个窗户里面都是灯火辉煌。当火车路过以后，三个列车员的头被震得昏昏然，很长时间地呆在原地不动。咕隆隆的巨响进入了他们的耳朵，在里面快乐得都不想再出来了。他们只得像游泳健儿似的，拍打和摇晃着太阳穴，好让声音如流水般地从耳朵里滚出来，最后，他们用一声大叫来表明他们又可以听得见了。

"你们说什么呢？"列车长问。他眼中闪烁着又惊又喜的神态，"是一列真火车，是不是？"

"可不是吗！"司机大声喊到，"我有生以来还从未见过比这更漂亮的火车呢！"

"孩子们，我们是多么的幸运！"站长大声说着，"想必罗伯多一定是分段铁路管理员的儿子。我们将要在这儿定居下来，这样，每天都能看到很多很多的火车了。"

"那么，现在我们就进去吗？"司机一边问，一边起动着发动机。

"再在外面呆会儿吧！"站长踌躇着说，"很可能有另一列火车就要到了。"

养路房外边有一条非常长的篱笆。他们把蓝箭藏在篱笆后，然后坐在一根被积雪压弯的枝条上等待着。

几分钟之后，先是微弱的噪声，接着就是一声巨响，最后声音又逐渐地转向微弱以至于最后消失了。

"这不像是火车。"站长回味地说道。

养路房的门开了，守路工人身前挑着一盏灯走了出来，然后不安地四下观望着。

"罗伯多！"他大声喊道，"罗伯多！"

一会儿，一个满脸睡意地小孩从窗口伸出头来。

"赶紧穿上衣服，一定是发生什么麻烦了，很有可能是山崩。"

"马上就来。"孩子回应着，"啪"的一声迅速关上了窗户。过了才几秒钟，罗伯多拉着刚穿好的衣服出现在他面前了，他身体前面也高挑着一盏灯。

"拿一面红旗，"父亲命令他说，"你去那一边去查看一下轨道，我去桥那边看看去。要是轨道上有什么东西，立刻跑来通知我。再有 15 分钟第三十七次列车就要来了，我们得抓紧时间。"

他父亲说完立即跑开了。罗伯多拿起了靠在门边的一面红旗，在半腿深的积雪中大步地走着。

还好天空正渐渐放亮。沿着车轨的黑色轨迹，罗伯多可以一直看到第一个转弯处。但是刚过了拐弯处，车轨就被从险峻的山坡上踢下来的积雪和松土堆起的巨大土堆覆盖了。出现在罗伯多脑海里的第一个想法就是："还算好，桥并没有倒塌。"

就在这时，只听得从远方传来了"呜——"的一声，是第三十七次特快列车的汽笛。他害怕得就像两腿钉在地上似的动都动不了了。谁知道父亲在看到大桥安然无恙后，是不是依然想着叫火车停下？他两腿发抖，心都快跳到嗓子眼了。三十七次又长鸣了一声，这才让罗伯多惊醒过来，立刻转了身拔腿就往养路房跑去，大声喊道："爸爸！"

他跑呀跑，不小心摔倒在雪地上了，赶紧爬起来又接着跑，跑了几步后又摔倒了。这一次膝盖磕在了铁轨上，他疼得直想哭，可是他忍住了。他试图站起来再接着跑，可是却怎么也站不起来了。

"爸爸！爸爸！"他拼命地喊着。

可是父亲怎么可能听得到呢，特快列车正在以越来越大的声音向他驶过来。

罗伯多哭着，喊着，在雪地里向前不断爬着。

"停下！快停下！"他直着嗓门叫着。一声撕碎的汽笛声淹没了他的狂吼。火车睁大了两只发光的大眼凶猛地直冲而来，还有 300 米，200 米……

忽然制动器紧紧地卡住了车轮，发出刺耳的吱吱声，接着即是猛烈的冲撞声，火车摇晃了几下后速度开始变得缓慢，在离罗伯多几米远的地方终于停了下来。

司机从车上下来就直奔罗伯多而来。

"怎么了？发生了什么事情？"

"是山崩!"罗伯多喃喃地说道,"那面……山崩……"

他感到自己似乎正慢慢地沉浸在松软的雪里,莫名其妙地感到全身竟是如此的温暖舒服。然后,他就没有什么知觉了。

过了好一会儿,他在自己的床上清醒了。

"山崩……"他仍然喃喃地说,"是山崩!"

"别说话,别说话啦!"一个不熟悉的声音温柔地说,"已经安全了。"

罗伯多吃力地睁开了双眼。整个房间里挤满了人,一个戴着金边眼镜的先生正在弯着腰给他诊脉。他是第三十七次特快列车上的旅客,被请来救护罗伯多的。

"爸爸。"罗伯多微弱地叫了一声。

"爸爸在这儿,爸爸在这儿!"

满屋子的人一直屏着呼吸,现在听到他说话了,这才开始你一言我一语地称赞道:

"好孩子,勇敢的孩子,你拯救了我们成百上千个人的生命啊!"

"如果不是你,这列特快可就要毁于山崩了。"

"你这孩子真了不起!"一个机务人员爱抚地摸着他的头说。

那便是三十七次列车的列车长。罗伯多对他微笑着,突然又感觉膝盖上一阵疼痛,但他只是稍稍撇了一下小嘴,仍继续微笑着。

当太阳在地平线上升起来的时候,山崩的路障已被清除,火车继续向前开走了。

最后又只剩下了他们——罗伯多和他的父亲。

直到这时,他们才发现房间里还有别人也留下了。是人还是其他什么东西?原来是蓝箭,它乘慌乱之际悄悄地溜进了养路房。当时它的三位机务人员十分激动,静静地呆在那里,全神贯注地侧耳倾听了关于那个拯救了一列真正的火车的孩子的故事。

养路工说:"唷,这是怎么啦?"

"是一列电火车,爸爸!是一列电火车!就是您曾经对我说过要给我买的那种。看,多好玩哪,在货车车皮上还有车轨呢。我敢保证,假如全都铺起来,可以把这间屋子绕一圈呢!"

"可是我并没有买呀，这个是从哪来的呢?"父亲疑惑不解地说，"在此之前，我还从来没见过呢。"

罗伯多不相信地看着他。

"好了，爸爸，您就别骗我了……您是想像贝发娜那样让我突然高兴就是了!"

"不，孩子，不是，说真的，事情确实不是像你所说的那样。你知道我是如何想的吗?我想，也许是刚才特快车上哪位旅客本来是给他的孩子买的礼物，最后他希望留给你了。毕竟是你为他的孩子们送去了最棒的礼物:你救了他们的亲爱的爸爸。而我，怎么可能买得起这样昂贵的玩具呢!"

罗伯多高兴地笑了。

"也许是这样，"他说，"可能是一位乘坐在三十七次特快上的先生留下的礼物。"

贝发娜能办到

那时，斯毕乔拉——忠诚可爱的小狗，在方齐谷的空房前蹲在尾巴上一动也不动。羞怯的阳光拉长了她发抖的光线落在冰雪上。斯毕乔拉的尾巴也快被冻住了，但斯毕乔拉始终一动不动。他不想去别的任何地方，一心只想留在那里。

他心里只想着方齐谷，很有可能在那儿就这样地死去。

也恰好是那个时候，方齐谷在警察局走廊里的一条硬板凳上，头靠在墙上睡着了。一堵砖墙——多硬的枕头啊!但是方齐谷依旧睡得很香，甚至没有做一个梦。

同时，贝发娜，那位可怜的老妇人，回到家刚不一会儿，就喝了特雷萨为她去做的用来压惊的咖啡了。

"我要进被窝，一直睡到后天再起来。"她嘟哝道。

"男爵夫人，是的。"

"谁要是吵醒我，就让他倒霉。"

"倒大霉，男爵夫人。"

"真是个让人不痛快的夜晚！"

"这真要算是最近这 50 年里最糟的夜晚了，男爵夫人。"

哪知竟有人恰好在这个时候敲响了吊门。

"是谁？"特雷萨喝问，显然声音很是粗暴，"您想做什么？男爵夫人现在不接待任何人。"

"我是夜警，我有要事要面告夫人。"

特雷萨在吊门的一个小缝里往外看，不但看见了夜警，还瞧见了挂在他自行车把手上的小鸟笼，笼内的弹簧金丝雀正在摇摆中发出婉转的啼鸣。

"您怎么会有那只鸟笼的？"特雷萨十分不客气地问。

"我刚才在路上捡到的，都已经埋在雪里了。"

"哎——，这就对了，一定是贼丢的。这么说您是送鸟笼来的啰。那好，就从这儿递过来吧，太感谢您了。我去把它交给男爵夫人。"

"不，不，请等一下。我可并不是为了送金丝雀而来，而是为方齐谷而来的。"

这倒有点奇怪了，竟然那个夜警也认识方齐谷。原来是这样：已经有好多次了，每当他从电影院下班回来时，总是能碰上方齐谷，而且还送他几段路。

"你为什么不坐电车呢？"夜警问。

"太贵了。"方齐谷应道。

"原来这样啊。"夜警点了点头。

"我要把挣来的所有钱都交给家里。再说我挣的钱也实在是太少了。"

"是呀，"夜警深深地叹了一口气说，"像你这般小小年纪就开始工作了，是件不愉快的事，对吗？"

"我并不埋怨这事。"方齐谷说，"相反，我倒是挺高兴。工作了，也就没有什么时间玩了，这是事实。但话又说回来，我玩什么呀？什么玩具都没有。"

"这倒是," 夜警说,"这倒是。"

方齐谷和他很起劲地聊着, 夜警认真地听着。他非常喜欢这孩子, 一个就像大人一样努力工作着的孩子, 一个在口袋里放着好不容易挣到几个钱的孩子, 每天晚上独自步行穿越整个城市, 很可怜啊!

那天夜里这个夜警也听到了警报, 过来一看, 就看见抓住了贼。哪知, 一会儿他异常惊讶地看到方齐谷也被铐上了个手铐, 像个罪犯似的, 被两个护卫天神带走了。

夜警快速地思索着:"我不相信, 那个孩子绝不可能是小偷。我了解他就如了解我的孩子那样。"

他赶到警察局, 竟然被粗暴地赶了出来。

"你还是想想夜警的责任吧。"他们告诫他,"赶快回去执行你的任务, 要不然大贼小偷可就有机可乘了。他们会把全城所有商店的门都撬开的。那孩子难道是你亲戚吗?"

"不, 他不是我的亲戚, 但是……"

"那不就得啦, 交给我们处理吧。我们很了解那些小扒手。"

夜警无奈地从警察局出来, 回到了他自己的工作岗位。回家前, 他想起了被盗商店的主人也许能救救他呢。

"夫人, 听我给您说, 警察局不听取我的任何意见。偏偏就在这贝发娜发放玩具的日子里, 可怜的孩子却被像一个贼一样关进牢房。为什么您不和我一起上警察局要求去把他放出来呢? 您只要说一下什么都没有丢, 就说您认识他, 知道他是个好孩子。总之, 为他去开脱开脱, 也许警察局会听从您的意见的。"

"哦? 方齐谷?" 特雷萨说,"方齐谷是谁?"

"抱歉, 请不要再提这样的问题了。我对您说, 这件案子非常紧急。"

"当一个人觉得很困的时候, 此时此刻没有比上床更加紧急的了。"

"特雷萨, 你在跟谁说话?" 这时候, 贝发娜问了一句。

"没有什么, 男爵夫人, 是一个夜警。"

"这位就是主人了。"我们的这位朋友想着, 于是就直起喉咙喊:"男爵夫人! 男爵夫人!"

　　贝发娜听人这样喊她，心里还挺美滋滋的："瞧，这一定是一位知书达礼的人，知道应如何对待一个贵妇人。"

　　贝发娜说："特雷萨，提起吊门请那位先生进来吧。你怎么连来拜访的客人是不是庸人都分不清呢？来请，请坐，请问有何贵干？"

　　夜警三言两语简要地向她述说了那天晚上发生的事情。

　　特雷萨和贝发娜听了都感到非常惊讶：

　　"在我们忙忙碌碌来去于房顶上的时候，贼就已经在商店里了？天啊！那还不把保险箱给掏空了！"

　　她们赶紧跑去检查了一下。幸好，保险箱里一分钱也没少。

　　夜警说："看，这功劳都是方齐谷的。是他报的警。"

　　"方齐谷。"贝发娜重复了一遍，"我知道那个孩子。只可惜他不属于我的最好的顾客范围之内，您知道我想要说明的是什么吗？他家是一个贫穷的家庭，口袋里没有钱……该怎么办呢？其实我很想看到大家都快乐。但是说得容易，做可就难了，一直到今天，我说明白了吗？我立刻和您一起去警察局说清楚。"

　　几分钟以后，贝发娜和夜警同时来到了值班员的面前。

　　"我们要和局长说话。"贝发娜说。

　　"现在？您是在做梦吧。局长他九点才上班呢。"

　　"快去叫他。"

　　"叫他？您大概是疯了吧！"

　　这下贝发娜不耐烦了。

　　"敢说我疯了？你好好去掂量掂量你刚才说的话吧！你了解我是谁？如果要按男爵夫人的标准来衡量的话，我差一点就是男爵夫人。你如果现在不赶快去叫局长，以后你会后悔的。"

　　被逼无奈，那个可怜人只能去叫局长。临走时，他恶狠狠地瞪了正在暗中搓手的夜警几眼。那位局长睡眼朦胧地过来了，贝发娜见了有点恼火。

　　"好一个局长，您怎么能随意拘留一个可怜的孩子一整晚呢？"

　　"我们没有在任何地方拘留过任何人呀，那孩子留在这儿是在等待提审嘛。"

"哎，是吗？那么现在您就审问吧。快点儿，因为我看现在还没到睡觉的时间。"

一个值班员过去把方齐谷叫醒了。这个可怜的孩子已累得腰酸腿疼。当他一认出是贝发娜，顿时就打了个寒战。

她来这里，不是为别的事，肯定是来告发他的！她一定该不止一次地看见他盯着她的橱窗吧。也许她还会这么想呐：一定是他想出的鬼点子。

"夫人，我真的没有偷任何东西。"他哀求地说道，"是我叫来的警察。"

"正是如此。"贝发娜毅然地说，"现在，事情也已经澄清了，咱们走吧！"

"等等。"局长阻止说到，"您怎么知道事情就'正是如此'？这孩子也可以撒谎嘛。我们抓着他的时候，他正跟全市最危险的分子中的两个贼打成一伙呢。"

"什么？撒谎？难道我真的会老糊涂到这种地步了，连孩子说的是真情还是假话都分不清楚了?!孩子救了我的商店，而您倒好，不但不给奖赏，反而把他关了起来。真是公道，真是公道啊！不过也没关系，这事我自己来办，我会补偿他的。听我的，咱们走。"

局长只能无可奈何地摊开双手耸了耸肩，对那个可怕的老太太竟没有办法。她拉着方齐谷的手，愤怒地瞪了办事人员们一眼，而他们，因为害怕被她那闪电般的犀利眼光击中，早已先低下了眼皮。她径直向门口走去，哨兵们竟然像对待一个将军一样向她敬了礼；再说贝发娜，此时此刻，正以历史上最伟大的将军般的高傲、勇武的步伐跨出大门去。

夜警高兴地推出了自行车，由于太过兴奋，跨上自行车的时候不小心用力过猛，一下便摔倒在了那边的雪地上。

"摔伤了吗？"贝发娜问。

"没有，一点也没有，心里太高兴了，摔个跤也是非常轻松愉快的。"夜警说着就与方齐谷告别，又像通常和夫人们告别时应该做的那样，他吻了贝发娜的手一下，然后蹬车而去。

"真是个可爱的孩子！"贝发娜看着被他吻过的那只手感慨地说，"他知道对一个真正的夫人应该用什么礼节。"

她另一只手紧紧地握着方齐谷因为感动而出汗的小手。

原来贝发娜并不像想象中这么坏：是她把我救出来的，现在又拉着我的手和她一起步行穿越市区，像是一个很和蔼的祖母，虽然有点严厉，但却很热情。

当他们再次回到商店时，女仆简直都不能相信自己的眼睛。她立即准备了第三杯咖啡，又从大立柜里拿出一只玻璃瓶，瓶里装着放了几年的现在已又硬又干的饼干。饼干已经硬得像水泥板了，但是方齐谷的牙齿更加硬，他不停地嚼呀嚼的，把瓶里的饼干全吃光了，连点儿小碎渣儿都没有剩下。

"看你嚼那些饼干，因为出于羡慕，我感觉自己又长出了新的牙齿。"贝发娜兴奋地小声说着。

方齐谷微笑着看着她，过了一会儿他就站了起来说。

"我该回家了。"他说，"妈妈正念叨着我呢。"

贝发娜擦了擦眼镜片说。

"我很希望送给你一件礼物。"她说，"但是昨天晚上我已把仓库里所有的东西都送出去了，剩下的只是一些老鼠了。我知道你想要的是那辆电火车——蓝箭。可是，很不幸，蓝箭出于自己的打算，已经逃跑了。"

"没关系的，"方齐谷微笑着说，"反正我也没有什么时间玩。您知道吗？我必须要工作。我在一家电影院里工作。"

"你听我说，其实我以前就想找一个店员帮忙了。你要知道，有个人帮我整理整理玩具，收取邮件，还有结算什么的该有多好。说实在的，现在我的视力也越来越不行了，我已经不像从前参加工作的时候那样的精力充沛了。你想做我的店员吗？"

方齐谷一听这些，高兴得瞪大了双眼，嘴都几乎合不拢了。

"贝发娜的店员！"他惊叫了起来大喊道。

"只是一个平常的商店里那样的店员。你也不要以为会让你骑上扫帚兜着圈给顾客们去送礼物。"

方齐谷往四下里环视了一下。以他看来，商店实在太美了，尽管书架上已是废纸成堆，橱窗里也已空无一物。

"当然是……"

"这么说你是同意了。"贝发娜说，"那明天你就开始上班吧。"

方齐谷向她道谢并就此告了别，他还很客气地向女仆告别。特雷萨此时有点嫉妒呐，因为从今以后她就要和另一个人分享店主人的恩惠了，但是她不是会向一个信任地看着她的孩子不高兴的，她也对他笑一笑。

贝发娜叫住了他："等等，我替你叫辆马车吧。我不想让你着凉，现在你是为我服务的人。"

还要叫马车！一直到此刻为止，方齐谷虽然曾乘过多次马车，但只不过是吊在车后，车夫看不见那地方，鞭子也够不着他，顽童们总是悄悄地躲在那里搭个便车。

这一次真是神气啦，他竟也坐上了那个皮椅，黑色的车盖放了下来，这样可以避避寒。车夫把一条非常漂亮的盖被盖在他腿上，然后上了座位，"啪"的一下挥起鞭子。马在他的鞭声下小步跑了起来。

"真是倒霉，我的朋友们不能看见我这个模样了。"方齐谷自言自语地说，"不过一会儿就到了家门口，下车之前，我要先喊妈妈，这样她就会到窗口来的，然后，我的小弟弟们也都会聚到那里，我就在车上亮相。那时候，他们的眼睛一定会瞪得很大呢。"

就在他自己和自己说话的时候，他的眼皮变得越来越重，越来越重，等到后来他干脆就让它们闭上了。马车在雪地上滑行着没有一点摇动，方齐谷在车身的轻微的晃动下睡着了。

关于蓝箭的故事我们讲到这里基本就结束了。至于斯毕乔拉呢，它最后变成了一条真正的狗，终于找到了他的方齐谷，和他成为了形影不离的好朋友。

魔术师卡卢

会说话的雕像

有人说柏埃孟多三世国王是莫日朗蒂亚国的"正确"国王。实际上，他是这个不幸的国家开始存在以来最不正确、最为任性、最为粗暴的一个国王。他视财如命，为了让自己发大财，经常不时地颁布一些新的征税规定；他又特别好战，每年都要向他的邻国发动两次战争；他极其多疑，在他的监狱里关满了各种无辜的人民。一个普通公民只要在他所谓的熟人耳边随便说几句话，就会被控告阴谋策划谋反柏埃孟多，接着马上就会被抓起来关进城堡的地下室的监狱里。

既然如此，人们为什么还称他为"正确"的国王？

这是由于字母表排列顺序的缘故，现在让我来解释说明一下。在莫日朗蒂亚，有一个按照字母顺序来给国王起别名的习惯。第一位国王叫"勇敢"的维契斯拉奥一世；第二位国王名为"美丽"的罗贝托一世，事实上，他丑得像只癞蛤蟆；第三个国王用"C"这个字母为自己取了个"胜利者"的别名，但是实际上他从来就没有打过一场胜仗。当柏埃孟多三世登上王位时，恰好轮到了"G"这个字母，于是，大臣们就聚在一起讨论道：

"叫华贵！"

"叫强大！"

"叫伟大！"

这时，突然有人想起了这位国王平日里的所作所为，于是就说：

"国王应该叫笨蛋，叫饭桶！或叫傲慢……"

最终还是柏埃孟多自己选了一个别名，叫做"正确"。不幸的是他后来竟忘记它了。

有一天，他突然想到要建一座自己的雕像。

"但是，"他立刻补充说，"这个雕像必须要和我长得一模一样，不允许有半点差别。因为我可不是个哑巴，所以这座雕像也应该会说话才对。"

这个消息才刚刚颁布，国内所有的手艺高超的雕刻家就全都慌乱地打起包袱，连夜朝境外方向逃去。不过在他们还没有越境之前，就全部被抓回，押进宫殿里。

"好啊，真大胆啊！"柏埃孟多站在他们前面，面对着他们说，"你们就是这样来尊敬你们的国王吗？你们为我的父亲雕刻雕像，为我的祖父雕刻雕像，甚至你们中间还有人为一些猫和狗制作过雕像。可是你们却不乐意为我这个正确的国王雕像。"

"陛下，"艺人中有一个人大胆地开口回道，"制作一座会说话的塑像是不现实的。因为大理石不会说话呀！"

"那你们就改雕个铁像、木头像，哪怕用奶油雕个塑像也可以。赶紧去干活吧。自今天晚上起，你们都必须呆在你们自己的工作室和指定的房间里。什么时候把雕像做出来，什么时候再放你们走。你们中间谁能给我雕刻出个会说话的塑像，他会得到一堆和他体重加上整个雕像的重量的总分量那样重的金子。至于其他人，当然将全部死在监狱里了。还有谁要说什么话吗？"

虽然没有一个人开口。却听到了一种下冰雹似的奇怪声响，原来是这些艺术家因为害怕而发抖，他们的牙齿碰撞而发出的声音。

一星期之后，柏埃孟多亲自开始巡视检查雕塑的进展情况。一个月以后，监狱的铁门打开了，莫日朗蒂亚的绝大部分的艺术家都被抓进了监狱：他们不仅雕出了塑像，而且雕得非常漂亮，可是就是不会说话。因此，全国的艺术家们就一个紧接一个地被关进了监狱。柏埃孟多气愤地喊到："艺术家！你们谁来给我说说什么叫艺术家！都只是一些没用的家伙，一群废物。搞不好，你们是有意这样捉弄我！"

一天清晨，有个奇怪的来访者出现在了宫殿门前。守卫王宫的卫士问他：

"你叫什么？"

"我叫做古斯达渥。"

"你不就是那个总在市场上贩卖医治牙病、除妖驱邪药方的江湖医生吗？"

"我是个江湖医生？你们似乎还没有听清我的名字。我名叫古斯达渥，是医中之王。不只如此，我还是个音乐家、炼丹师、诗人、雕刻家和画家。"

"你后面拖的那辆车上装着的是什么？帆布下面有什么东西吗？"

"有，尊敬的先生，下面是我们正确的柏埃孟多国王的那会说话的雕塑。你们不要多问了，赶快替我去向陛下禀告。"

"我说平凡的人，你这样可对你没有好处啊！难道你就没有听说所有的艺术家都被关进了监狱里了吗？"

"你们只管尽你们的职责，劳我去禀告国王，要不，后悔可就已经来不及了。"

卫兵们互相交换了一个眼色，好似在说："我们已经警告过他了，如果他非要到狼窝里去捉狼，这就是他自己的事情了。"

他们将古斯达渥以及他的车子带到国王面前，就退出了，然后他们就对百姓散布说："有一个疯子竟自己请求进监狱。"

"陛下，"古斯达渥向国王说，"请您收下最忠诚的臣民献给您的礼物。"

他一面说，一面揭去了盖在雕像上的绒布，向柏埃孟多展示了一个普通秤，一个专门用来称箱子、石头以及大体积物件的秤，也就是人们通常所说的那种磅秤。

"这是什么？"国王气得全身发抖，指着磅秤竟口吃地说，"你想我能忍受……你以为……"

　　总而言之，他差点儿气得喘不过气来。

　　"这是正确的柏埃孟多，"古斯达渥如宣誓一样庄严地举起一只手大声说，"为了表现您这位伟大的国王，我制造了一个和您非常相似的雕像。现在人民都称您为正确的国王，我们的后代也会在历史书上面知道您是一位如何正确的国王。您想，如果现在不用磅秤的话，那么要用什么来作为衡量正确的标志呢？这个磅秤可以称出每件东西的真实重量，就如您根据每个百姓的功德和罪过，能判定他们应得的命运一样。陛下，您不但是我们国家的秤，而且是整个世界的秤。那么现在，我请您向雕像随便提个问题，它一定会立刻回答您的。"

　　国王思考了一会儿，然后问磅秤："那么我是谁？"

　　一个人用低沉、但清晰的声音回答说："您就是莫日朗蒂亚的正确皇帝，柏埃孟多三世啊！"

　　"我是这个国家的真正国王，不是皇帝。"

　　"今天是国王，那明天就是皇帝了，"那个声音继续说着，"我比您更加了解您的未来，您将征服新的国土，您的帝国将要从这个海洋跨越到那个海洋，从东面的山延伸到西面的山。"

　　柏埃孟多听这话，急忙拍手命令站在各个门口探头探脑的侍臣进来。他抑制不住内心的喜悦，竟开始跳起舞来，又高兴得流出了眼泪，他一面跑过去拥抱那个古斯达渥，一面抚摸着磅秤，叫道："大臣们，我有了一个会说话的雕塑啦！我将成为皇帝啦！我的统治会从东向西扩张……这可全是你们亲耳听到的。"

　　说完他又去问磅秤：

　　"那我是谁？"

　　这个声音回答说："您是正确的柏埃孟多三世，莫日朗蒂亚、麦罗维亚和比斯朗蒂亚的皇帝，海外领地的主人，七大沙漠的大公，两极的统治者啊！"

　　"还是两极的统治者呢？"柏埃孟多不自信地重复说。

　　"一点也不错，您就是北极的皇帝和南极的皇帝。到了那时候，其他星球上的人们也将要来向您祝贺哩，他们会从月亮和其他的行星来。"

"什么时候才能实现啊？"

"它快得会使您简直不能相信。一旦您给这位伟大的艺术家以应得的报酬时，您的命运之轮将开始转动起来。"

古斯达渥这时紧闭双唇，僵直地站在磅秤旁边，在侍臣们疑惑、惊奇的眼神注视下，深深鞠了一个躬，然后说："陛下，不用着急。"

"哦，不，不，"柏埃孟多叫道，"我要立刻付钱给你，你先称称体重好吗？"

"陛下，穿衣服称，还是不穿衣服称？"古斯达渥问道。

"穿了衣服称，穿了衣服称。喏，你把我的王冠和我的大氅也穿戴上。站在那里的人们，把你们的斗篷和外套也让给他穿。把你的衣服也脱给他穿。"

当古斯达渥被一场如暴风雨式的绫罗绸缎压得差点儿喘不过气来的时候，他已经被放到了磅秤上。古斯达渥正准备要念出重量数字，柏埃孟多却做了个手势制止了他：

"等一下！让我的雕像来念。"

古斯达渥紧闭双唇，只听雕像说："180 公斤零 955 克哩。我的个人重量是 160 公斤。"

"你们加起个总数，"柏埃孟多命令说，"马上把等重量的金子拿到这里。"

那个声音突然说："正确的柏埃孟多，你没有忘记什么东西吧？"

"你指的是什么东西？完美的雕像？"

"您是一位正直的国王！"这个声音又继续说，"但是我认为您也是一位慷慨大方的国王。您一定会给这位伟大艺术家再添一辆金子做的马车和您马厩里的八匹快马吧！"

"马上办。"柏埃孟多叫道，"你们全听见了。今天起，我不仅是一个正确的国王，而且我还是一个慷慨的国王。"

每件事情都要在尽可能短的时间办妥了。称好的金子，被装进了马车。国王亲手挑选的马匹，又在他的监督下，被驾上了车辕。柏埃孟多吻了古斯达渥的双颊之后，他亲自扶他上了马车。古斯达渥坐到了赶车的位置上，于是举起鞭子表示告别，愉快地把它甩了几下，然后又抖了抖缰绳，马车在一片尘烟里以及众人的欢呼声中启程了。

"赶快，快，"这时柏埃孟多一边搓着双手一边急切地说，"我要赶紧和我的雕像谈谈。然后向它请教一个问题，到底是要先攻打比斯朗蒂亚，还是要先攻打麦罗维亚好。"

当宫殿里所有的人们都聚集到磅秤的周旁时，国王清了清嗓子，问道：

"告诉我，柏埃孟多（以后，我将称您为柏埃孟多，因为您就是我了，我就是您），我是应当首先攻打比斯朗蒂亚，还是先攻打麦罗维亚好呢？"

随之而来的则是一片沉默，每个人听到的都只是自己的心跳声，特别是国王柏埃孟多，他跳动的心快得就像一只小鹿。可是磅秤一句话也没有回答。它和它的铁底座，重量指数针和能移动的秤砣，现在笨重地直立在那里一动不动：它那种沉默不语、而且若无其事的神态与其他的任何一台磅秤根本没有什么不同，就像其他的任何一样东西，连它们自己也不知道为什么会存于世界上一样。

"嘿，柏埃孟多，"国王拍手说，"你千万不要分心，我正在和你说话呢。你听到了吗？"

仍然没有任何回答。

"我说柏埃孟多，"国王愈来愈不耐烦了，继续说，"你难道想和我捉迷藏？"

磅秤依然默默无声。相反，这时侍臣们却开始议论了起来。

"奇怪，"他们说，"刚才，我们还亲耳听到它讲话。"

"可不是？它的声音非常清楚。"

"并且还说了很多聪明的话呢。"

"住口，全都住口！"国王吼叫道，"你们全都给我滚出去！也许柏埃孟多想和我单独谈谈。它要告诉我你们不应该听到的事情。柏埃孟多，我说得是吗？"

磅秤一句没应，但是国王却已经把它的这种沉默理解为一种赞同的意思。于是，侍臣们一个个纷纷都慌乱地离开了。

当只留下柏埃孟多一个人的时候，他就开始用温柔的语气询问磅秤，哀求它回应他的话，甚至跪倒在它的面前。但是磅秤对于那些哀求却依然无动于衷。

故事讲到了这里，我就只好说实话了。"那个会说话的雕像"其实只是某个面包师的磅秤，古斯达渥决定实施他的计划的前一天晚上，花了少许的钱买下了它。你们也已经知道，古斯达渥是一位江湖艺人、音乐家、拔牙医生等等，但是不只如此，他还有会用腹部说话的本领。意思是说，就是他可以双唇紧闭说话，发出的声音却好像是从其他的一个人口中传出。他就是利用这种方式叫磅秤雕像开口说话的。

国王终于明白自己上了当，受了骗时，就愤怒地命令手下人前去抓捕古斯达渥，不管是死的还是活的他都要，可是已经太迟了，这个江湖艺人早已驾着他那辆豪华马车越过了国境。

后来，就是因为出了这样一件事，莫日朗蒂亚的国王柏埃孟多三世没有被作为一个"慷慨"国王和"正确"国王载进史书里，相反却被人当作一个受骗国王而传名于世。

愚蠢王子

阿乌雷利奥王子可是个英俊的青年，一位十分勇敢的武将。此外，他还有很多别的好品性。但人们却不叫他勇敢王子和仁德王子，相反，却叫他愚蠢王子。事实上，阿乌雷利奥王子手脚灵敏，只是头脑非常迟钝，迟钝到都能把罗马当是多马，南瓜当作胡萝卜。

有一次，他去打仗，由于他是个王子，统帅让他指挥一支军队。

"你和你的士兵一定要拿下那座桥！"统帅命令道。

阿乌雷利奥果然做得十分出色。他仅仅发起了一次进攻就将敌人从桥上赶跑了。然后他命令士兵把桥上的石头一块一块地拆下来，然后让他们背上这些石头，回到统帅跟前。

"我按照您的命令，攻下了这座桥。"他说，"您快看，桥在这里。"

"好样的，可我们现在要怎么过河去追赶敌人呢？"

话音刚一落，被击退的敌人就已经狂呼乱叫地反扑了过来。

一转眼工夫，所有人逃走了，只剩下了阿乌雷利奥一个人。他从来都不知道什么叫害怕，也从来不畏惧任何一个人。此时，他一面倾听敌人的欢呼声一面想："也许和平现在已经实现了吧。"事实上，恰好相反，敌人欢呼完全因为他们打了胜仗。

结果，阿乌雷利奥做了战俘。敌人认出他是命令士兵拆桥的那个人，因此，对他很是特别优待。

"哟，"愚蠢王子想，"他们对我还真是不错！"

我已经告诉过你们，他能把桥当成山。所以当敌人把他关进一间又深又暗的牢房里面时，他觉得很奇怪。

"真是件怪事啊！"他想，"他们开始那样优待我，如今却把我关进牢房。这群笨蛋……"

后来，他躺在草席上，慢慢地就这样睡着了。

到了第二天清晨，他被从装着结实铁条的小窗口中射进来的一缕阳光照醒了。

于是，阿乌雷利奥王子就爬上了窗口向外张望着。然而他看到的只是一个四面由高墙围住的萧条院子。突然，他在对面墙上发现了一扇小窗户，在窗户的铁条中间现出了一张忧伤和美丽的少女面容。她的出现，让阿乌雷利奥的心顿时开始猛烈地跳动起来，竟然流出了眼泪。

"您为什么哭呀？王子。"姑娘一边朝他挥手一边问道。

"我也不清楚，"阿乌雷利奥回答说，"我只知道我一看到你，就想掉眼泪。如此看来，我们国家的子民叫我愚蠢的王子确实有一定的道理。"

姑娘微笑着说道："我曾听过人家谈起过你。他们想要把你当成战俘关起来，一直关到你父亲支付和你体重等重的金子时，你才可以获得自由。"

"原来是这样啊，可是他们为何那么高兴呢？"阿乌雷利奥想着。

"好啦，别哭啦。"姑娘接着说，"你迟早都能回家的。我的命运可比你要悲惨多了。我本是西西里的一位公主，名字叫罗莎。一次，我在海上航行，不幸被一群海盗给俘虏了，他们把我卖到了东方。让一个可怕的魔法师看管我，他逼我嫁给他。这就是他的城堡，现在连你也是属于他的人了。因为他利用魔法帮助国王打了胜仗，国王为了感谢他，就把你作为一件礼品赏赐给他了。"

阿乌雷利奥听着这个叫人悲伤的故事，不住地流眼泪。

"奇怪，"他想，"我也不知道为什么我会哭个不停，可是心里又觉得那么舒畅，这到底是怎么了？"

"罗莎哟，"他挥舞着手喊道，"请你千万不要垂头丧气，我会和你同甘苦共患难。你嫁给我吧，做我的妻子，然后跟我一起回家去吧。"

"谢谢你，善良的王子。但你打算用什么方法击败魔法师贝尔桑泰呢？"

"你让我想一想。"

在阿乌雷利奥的这一生中，用"想"这个词儿或许还是第一次。也许是因为那些眼泪让他的头脑清醒了过来，要不就是这新的生活的悲伤和爱情让他明白了为什么过去人们叫他愚蠢王子的原因。

"不！"阿乌雷利奥想，"我再也不想当蠢人了。现在我终于明白了，过去的我是多么的愚蠢啊！这要感谢……对，要感谢这座监狱，另外还要感谢罗莎！"

这时，姑娘已经从窗口缩回去了。于是，阿乌雷利奥就又躺在牢房的地板上开始仔细地思考起来。他苦思冥想，可终究没有能想出一个解救罗莎和自己的方法来。

"想办法可真是累人。"他喃喃说，"想了半天也没有想出什么结果来。算了，用不着这么着急，我还是按过去的方法去做，让我们来瞧瞧，是这魔法师厉害，还是我更厉害。"

此时，罗莎也在想啊，思考啊。她已养成了长时间思考的习惯。她被魔法师关在这儿已达一年多的时间，在这段时间里，她除了看见魔法师贝尔桑泰那一张跟国王的灵魂一样的嘴脸外，从来没见过其他人。阿乌雷利奥的话在她身上产生了一种奇妙的作用。尽管她身陷逆境，面临危难，她的内心仍然燃起了一线新的希望。

"阿乌雷利奥王子应该将他的勇……勇气分给我一点，我……我一直都缺乏勇气……"

事实上，勇气是如此产生的：在需要之时，每个人都会产生勇气；在不需要时，就可多可少。

那天晚上，罗莎鼓足勇气爬了起来，悄悄地从魔法师贝尔桑泰的房门前面走过，然后又悄悄地溜进他的书房，在书架上，摊放着一本名叫《魔术·鬼术·邪术》的大百科全书。在皎洁的月光下，她飞快地翻阅着书页，竭尽全力想找到一个解救自己的办法。忽然，她高兴得差点儿跳了起来。她的手指落在了一条目录上，那上边赫然写着"越狱法"。

罗莎一边读，一边尽力背着这条咒语。要知道，这可并不是件轻松的事情，因为，这条咒语总共有120句，其中最简短的一句是："波罗丝瓜利得丝卡富日卡娃日卡拉西诺。"

等到她认为背熟了这条"越狱法"之后，就悄悄地回到了她自己的房间里等待天亮。

第二天黎明，魔法师贝尔桑泰出外办事情去了，罗莎跑到她的小窗口前，呼唤阿乌雷利奥。一转眼工夫，铁栏之间就露出了一双疲倦、可怜的眼睛。此时，阿乌雷利奥还在继续思考着，但是读者大概都知道——他由于缺少实践，所以一直没有想到出逃的办法。

于是，罗莎就教他念"越狱法"。但是这一次，阿乌雷利奥很快就记住了，快得甚至不需要她向他再重复念第二遍。

"我们现在必须紧闭两眼，只用一只脚笔直地站在地面上，一起背诵'越狱法'。"罗莎对他大声喊道，"不管发生什么事情，我都会感谢你。因为正是你给了我追求自由的勇气！"

"以后无论会发生什么事情，"阿乌雷利奥也这样说，"我都要感谢你，因为正是你教会了我如何开动脑筋。准备好了，开始！"

他们刚好背完咒语最后一个字，就立刻来到了监狱的外面，互相依偎着坐在一辆马车上。

"罗莎！"

"阿乌雷利奥!"

忽然,一声悦耳的马鸣声打断了他们的谈话。只见马车前已被套上了四匹骏马,它们一个个都不耐烦地蹶着马蹄子,等待着出发。

阿乌雷利奥抓稳缰绳,用力地甩了一下鞭子,马车霎时飞快地狂奔了起来。

"驾!驾!"阿乌雷利奥用力地挥舞缰绳喊道,"我们自由啦!我们可以回家啦!"

但是马车没有能急驰很久。忽然,这两个逃亡者看见路边发出了一道刺眼的光芒。几乎在这同时,马车就停下来了。紧接着,四匹马一下就消失得无影无踪了。但在马车前面却生生出现了四个可怜的蜗牛。它们正向四周伸展它们的触角,好像要把缰绳从地上拽动起来。

"快走,走!"阿乌雷利奥喊道。

你们可能会认为,阿乌雷利奥还是那么的愚蠢,竟想靠四只蜗牛来拉他的马车。其实,他早就已拉着罗莎的手一起跳到地上,沿着田野向附近的树林里跑去了。

此时,他们身后突然响起了一阵非常可怕的笑声。果然是魔法师发现他的两个犯人逃跑了,坐上一辆由一只拦路虎拉着的车子追赶他们来了。他那本魔术大百科全书在他膝盖上让风吹得混乱地翻动。

"是我将你们的马变成蜗牛的!"贝尔桑泰冷笑着说道,"但是这个不算什么,一会儿你们还能看到更新奇的东西。"

"别怕,"阿乌雷利奥边跑边对罗莎大声地说道,"我们比他更厉害。"

突然,一条河堤挡住了他们的去路。只见有一只小船在芦苇中轻轻地荡漾着。阿乌雷利奥先把罗莎放到船上,然后自己也立刻跳了上去,抓起双桨就划了起来。

魔法师来到河堤边上,一边冷笑一边快速地翻着他手中的魔法书,"好,这条对你们是最合适的!"他叫道。

只见他飞速地默读了一条咒语,阿乌雷利奥手中的船桨就消失了,只留下两条肮脏的虫子,他恐慌地赶紧把它们扔进了水里。

"我们又要落入他手中了!"罗莎害怕地说道。

这时，阿乌雷利奥一句话也没说，背起她就跳进了水里，用力地向对岸游过去。

魔法师一边盯着背着罗莎就快要游到对岸的阿乌雷利奥，一边再次翻阅他手中的书。河岸边是一片树林。

"走着瞧吧，"魔法师冷笑道，"再加把劲，好，你们上岸了。现在请注意……"

当阿乌雷利奥背着近乎昏迷的罗莎从水里爬出来的时候，魔法师又念起了另外一条咒语。只见对岸上的树木，都像活人一样，迅速地游动起来，紧紧地包围着这两个年轻人。

"跑不掉了吧！"魔法师叫道，"这下你们再也跑不掉啦！"

因为兴奋，他跳下车就开始手舞足蹈起来。谁知这一跳他就倒了大霉，因为原来放在他膝盖上的书不小心掉进了水里。在魔法师还未发觉以前，书已经随水流漂得很远了……就像是洪水里的破船板一样，一声不响，飞速地流淌了下去……一个漩涡打过来就把它给淹没了。

"快来人啊！"贝尔桑泰急忙叫道，"我的宝贝！我的书！"

这时，套在马车上的老虎乘此好机会挣脱缰绳逃跑了。魔法师只能眼睁睁地看着它溜掉，却没有一点法子。

"抓住它，快抓住我的书！"贝尔桑泰扯着头发叫喊道，"我不会游泳啊，你们快来帮帮忙！"

此时，没有一个人能听见他的呼唤。即便有人听见了他的话，鬼才知道他是否愿意来帮助他呢！

这时围住罗莎和阿乌雷利奥的树林也散开了，它们又重新回到了原来所在的地方，自由地随风摇摆起来。

"我和你说过的吧，"阿乌雷利奥骄傲地说，"我们比他更厉害吧！"

至于结局，我想用仅仅两句话来概括：他们回了家，就立刻结了婚。"愚蠢王子"的名号被人逐渐忘记了。

贝尔桑泰自从把他的书丢了以后，再也无法猖狂起来了。为了讨生活，他只好硬着头皮去当可怜的乞丐。很多人会把假钱扔进他的帽子里，然后嘲笑他说："快，魔法师，把假钱变成真钱！"

不过，也有一些人怜悯他，还施舍一些钱给他。因为他们认为，尽管他以前是一个令人可恶的魔法师，但是他毕竟现在是一位老人啊！

魔术师卡卢

当一个人具有一样特殊的才艺时，他可能会用两种方式来表示：要么到处自我吹嘘，以此来博得众人的仰慕；要么不露声色，伺机取得最大的利益。

古斯达渥就属于后者。他就是布利斯朗蒂亚以及多日哥维亚各市场上颇具盛名的修脚师、说书人和炼丹师。另外，他还会出售各种治邪驱妖的药水。言而总之，他可是一个了不起的江湖术士呢。最重要的是，他会一种无需开口，通过自己的腹部说话的才艺。

一次，他用硬纸板做了个木偶。做完后，给它穿上了一身黑衣服和一件黑色披风，紧接着又给它戴了一顶圆锥形的帽子，取名叫做"魔术师卡卢"。最后对它说："今天开始，你如果能真像一个魔术师那样的话，我古斯达渥一定会碰上好运。"

古斯达渥打听清楚情况后，做好准备就来到了比斯布日哥市场。在那里，他支起了一张桌子，往上面又放了一把椅子，将魔术师卡卢摆在椅子上。然后，开始用手在空中比划各种各样奇怪的动作，就好似给他自己招魂一样。

当人们慢慢围拢过来，他清清嗓子说道：

"比斯布日哥的子民们，你们的好日子即将来到了！今天，我们的魔术师卡卢十分高兴地问候你们，有机会与你们亲密接触，它表示十分的荣幸。卡卢，我说得对不？"

"古斯达渥，说得对，我今天的确感到荣幸，十分荣幸！"

顿时，人们惊住了。是谁在说话？那个木偶？有可能吗？它是神？是鬼？还是活人？

"先生们，你们不要担心，"古斯达渥接着说，"魔术师卡卢到这里不会为你们带来不幸。相反，它会让你们获得大量财富。卡卢，我说得对不？"

"古斯达渥，你说得太好啦。我的确很想给比斯布日哥城和比斯布日哥人做一些好事。他们都是大好人，可他们正在受难，这可是不公平的。"

"咦？真是怪事！"一个市民喊道，"那个木偶如何知道市政府给我们增税的事情？"

一个妇女画了个十字："天啊，我闻到了邪恶的臭味啦！"

古斯达渥继续说："市民们，请你们听清楚了，我不知道你们纳税的事情。你们大家都看见了，我一个小时前刚从城外到这里，还来不及和任何人说过一句话。不过，什么事情也逃不过魔术师卡卢的眼睛。你们要是不相信的话，可以亲自向它提出些问题！"

"那好，"方才第一个说话的市民说，"我想知道它对缴纳增税有什么看法？"

古斯达渥此时交叉着胳膊，转身朝向魔术师卡卢，好像等它回答。事实上，他自己在用神秘的腹语方法在说话，但是声音却又好像从他身外的某个地方传出，而且正好是来自木偶的口中。

"纳马尾巴税绝对是不公正的。"魔术师卡卢说，"纳妇女帽税根本就是破坏了比斯布日哥人光荣的传统，所以，也是不公平的。"

顿时，这些话博得了市民们热烈的欢呼声。众所周知，市政府搜刮市民的钱财，最近刚刚颁布了一项纳马尾巴税的奇怪公告：短马尾巴要交一个金币；中等马尾巴要交两个金币；而长马尾巴要交三个金币。

大家为了尽可能的少交税，都慌乱地割下了所有的马尾巴。而那些被割掉尾巴的马，因为不能再像从前那样自如地用尾巴驱赶飞虫，结果是它们被牛虻咬得无法忍受。同样的，妇女帽税也是要根据帽子的高低来判定的。以前，比斯布日哥的妇女们戴上像钟楼那样高的女帽时，总是会感到自豪。但是，从新税颁布的那一天开始，为了尽可能减少交税，她们只好又满脸羞愧地戴上了那种又低又矮的普通的女帽。

"说得太好了，卡卢！"许多妇女喊道，"继续说下去。"

于是，另外一个市民接着问："我们交的税比天上下的冰雹还多，市政府是利用什么方法把它们装进银行里的呢？"

"你听到了吗，卡卢？"古斯达渥在一旁不停问道，"你想回答这位尊敬的市民所提出的这个问题吗？"

"当然可以。"木偶回答说，"请您立刻派人去东门，城门外有一棵树，树底下面埋着一堆财宝。"

无须我说，那一小堆财宝一定是古斯达渥进城时埋在那里的。这是他身上仅剩有的 20 个金币，在埋了它们之前，他感慨万分地把它们挨个儿地亲吻了一遍。总而言之，他希望手中的每一个金币能为他换回 100 个金币。

于是，市民们就向离市广场不远的东大门跑去。几分钟后，他们飞快跑回来了，一边把他们找到的金币分给大家看，一边狂热地叫喊着：

"卡卢万岁！"

"我们需要卡卢当市长！"

"快取消女帽税！"

在狂呼万岁的一片混乱声中，古斯达渥朝人群挥手示意他仍有话想说。

"魔术师卡卢，"他问道，"你打算把其他财宝的埋藏地点也告诉这些心地善良的市民吗？"

木偶问道："我说古斯达渥，你是准备要把我送给这些尊敬的比斯布日哥人吗？"

古斯达渥立即装出一副很为难和犹豫的神情，霎时，人们开始骚动起来。就在这个时候，市长同市政府的其他官员正在宫里开完会，恰好来到了广场上。他们的出现，无疑又引起了另一阵新的骚乱和叫喊。

在那短暂的欢呼声之后，比斯布日哥人恳求他们的长官用金子按照木偶的重量的 2 倍，买下这个知道财宝埋藏地点的会说话的独一无二的木偶。

"好吧。"市长一面同意市民的请求，一面咕哝说，"这个硬纸片木偶应该连 100 公斤都到不了。"

100 公斤？岂止 100 公斤！事实上重量可要比他的猜测的重得多得多。

因为古斯达渥事先在它的衣服里缝了大量的铅块。结果，古斯达渥得到了 2000 个金币。他才把金币放进麻袋，就立刻急匆匆地要离开。他婉言谢绝了无数个希望他留在城里吃午餐和晚餐的请求，租了一匹马，立刻从西大门急忙地出了城。一路上，好几千个市民得意洋洋地举着刚刚买下的黑色魔术师卡卢热情地为他送行。

到离别的时候，古斯达渥转身对他的木偶说了一番非常动人的祝福："再见啦，卡卢！我已将你送给这座城市及城里的全部市民了。你一定要像给我带来那么多幸福那样，为他们创造财富啊！"

"再见了，我敬爱的古斯达渥！"古斯达渥假充木偶回答说，"过一阵子，你一定要返回比斯布日哥城来看我呀！"

这时候，人群中有很多妇女在擦拭眼泪。

说完这话，古斯达渥立刻跨上了马，一瞬间就消失在一片尘土之中。

接着，人流如同仪仗队一般庄严地向市广场走去，人们挤满了市政府门口的大厅，让卡卢坐在铺有厚厚软垫的市长的安乐椅上，齐声请市长亲自询问魔术师卡卢。

市长挥动双臂，示意让人群安静下来，然后说道："市民朋友们，在今天这个光荣的日子里，上帝将好运赐予我们这个城市，为了感谢上帝的恩赐，我现在向大家宣布，自今天起取消马尾巴税！"

"卡卢万岁！万岁！万岁！"

"女帽税也取消！"

"女帽万岁！妇女万岁！卡卢万岁！"

"为了让我们后代能够永远记住卡卢来到这座城市的日子，我建议在大厅内立一块石碑。"

"石碑万岁！必须要用大理石，还要镶嵌上金字！"

"我同意。"市长紧接着说，"镶上金字需要很多的金子，我想我们的这位朋友和保护者一定会为我们想出办法的，魔术师卡卢，你说是吗？"

顿时人们鸦雀无声，等待着它回答。

上千双眼睛盯着一动也不动、庄严沉默着的木偶。等了 10 分钟，市长又问道：

"魔术师卡卢，你是否愿意像你刚才答应过的那样。把财宝埋藏的地点告诉我们呢？"

木偶一声不响。相反地，就在这时，它忽然就倒在了垫子上：或许是他们没有把它摆稳的原因。但是人群中却爆发出了一阵令人可怕的叹息声。

"它昏过去啦！"有人喊道，"一定是缺氧，你们没有察觉到大厅里的温度在上升吗？赶快打开窗户！"

窗户打开了以后，市长小心翼翼地把卡卢扶了起来，又重新让它稳坐在垫子中间。一位妇女递给市长一小瓶醋："让它闻闻这个，过一会，它自然就会醒过来啦。"

市长打开瓶塞，将它放在卡卢的鼻子下面摇了摇。

就在这时，从敞开的窗户外面正好吹进来一阵清新的空气，将木偶的黑色披风都吹得飘动起来。

"它醒过来啦！醒过来啦！它没有死，感谢上帝！"

"医生！这儿有医生吗？"

没有专职医生，但是有个理发师。他提起卡卢的手腕，把头贴在它的胸口上，像是在听它的心脏跳动似的。然后，他摘下了帽子，鞠了一躬，用悲哀的声调宣布道：

"没有办法了，它已经死了，它的心脏已经不跳了。"

可以想象这时的场面，比斯布日哥人是多么沮丧和失望啊！

"这怎么可能呢？它到底是遇上了什么不幸的事？刚才它不是还挺好的吗？"

最后，这群可怜的人们只好为卡卢举行一个葬礼。葬礼举行得既感人又隆重，甚至人群中还有人想到了古斯达渥：

"可惜的是他并没有来这里看看！要是他看到我们这样尊敬他死去的朋友，一定会感到一点的满意！"

相反，古斯达渥永远也不会再次踏进比斯布日哥城的地域了，原因是非常明显的。

至于收税的问题，我们马上就要说到。葬礼举行后的第二天，市政府又立刻恢复了马尾巴税和女帽税。不只如此，为了捞回支付给古斯达渥的那2000个金币，市政府又挖空心思地颁布了一项有关男人胡子的新税法：从今往后，谁想留长胡子，他需要每星期交纳一个金币的税款。

皇帝的六弦琴

以前有一个皇帝，他十分专权，不幸的是他不太聪明。因此，有一篇童话专门讲了他的一则故事：话说有两个骗子给他做了一件非常漂亮而一般人看不见的衣服，正因为看不见，事实上就等于什么也没有穿。结果就在游行大典那天，当皇帝穿着这件看不见的衣服走出王宫与欢迎的百姓见面时，引发了一阵阵的哄笑声。原来，他全身上下连一件衣服都没有穿。除此之外，我还知道关于他的另一个故事，是关于六弦琴的，这可是一个从来都没有人说起过的故事。

这个故事发生在很久以前。当时十分流行六弦琴，100个人中有90个人在白天黑夜地弹个不停，而另外10个人是在偷偷地学。弹琴的不分男女老少，不分职业贵贱。甚至连皇帝身边的侍臣、大臣、妻子儿女全都会弹琴，但只有皇帝一个人不会弹。尽管他也不顾一切努力地学，甚至把手指甲都弹断了，可他弹出来的琴声还是那样不成曲调，就连河马听了都要心惊胆颤。

没有办法，他只好用很多金子请各种老师和教授。到最后，这些人都发了大财，可皇帝依然没有学会。这可把皇帝急坏了。他扬言要杀死那些老师和教授。但是，这些人一听，立马都吓跑了。可是皇帝呢？仍然不会弹琴。于是，他把头上的假发扯了下来，摔在了地上，一边用脚踏着出气一边喊道：

"真是奇怪了，全国的人都能从早到晚弹个不停，凭什么就只有我一个人不会弹。哼，谁叫我不会弹，你们也都休想再弹！从今以后，全国不许弹六弦琴，谁敢抗令不从，我就命令人砍下他的手指！"

消息一公开，人人都吓得心惊胆寒，反复亲吻自己的每一个手指头，心想：

"宁可永远不弹六弦琴，也要保住自己的手指头啊！"

于是，有人就把六弦琴藏到顶楼上，放进壁橱里，或藏入地窖，等待良机或许可重派用场。不过，更多的人直接就把六弦琴拿到路边和广场上，当着皇帝卫兵的面就烧掉了。他们一边烧一边搓着手说：

"我们对皇帝向来都是忠诚的，你们看，只要他下一声令，我们就会照办不误。"

在现实生活中，总是有那么一些人，认为自己有重要的义务，就是对统治者言听计从。但皇帝的卫兵对这些人的做法却并不十分欣赏，因为他们也非常喜欢弹六弦琴。所以，皇帝发出禁止弹琴的命令，对他们来说，也就像是晴天霹雳一般。

但有些人克制不住，每当黑夜来临之际，他们就把门窗关严实，把墙上的所有裂缝都塞住。谨慎小心地又弹起了他们心爱的六弦琴，可是往往就是在这个时候，他们立马被抓住了，马上被扔进监牢，在那里眼睁睁地等着被砍掉手指。

在那座城市里，有一对很年轻的好朋友，一个叫皮普，一个叫波普。不言而喻，他们不仅会弹六弦琴，而且弹得异常动听，因此，他们压根不想毁掉自己的六弦琴。为了能够继续弹琴，他们就干脆在皮普家的干草堆下面，挖了一个很深的地洞。每天晚上他们假装着外出捉蟋蟀，事实上是钻进了地洞里去弹琴。

"这些小蟋蟀真够幸运的。"他们笑着对亲朋好友说，"虽然皇帝发了通告，可他们却能照常弹着他们的小六弦琴，一点儿也不怕被砍掉手指头。"

有一天晚上，皮普弹累了以后，对波普说：

"你知道我现在在想什么吗？"

"我当然知道啰，你真想在皇帝的脑壳上将六弦琴砸碎。"

"不是，我可舍不得那样。"

"什么，你舍不得皇帝的破脑袋？"

"嘿，你还真笨，我是舍不得我心爱的六弦琴！我想，如何才能把皇帝好好教训一顿。"

"在他睡觉时，砍掉他的所有手指头？"

"这个办法不太好。"

"那你说该怎么办好？"

皮普把他的想法告诉给波普，乐得他拍手直叫好。

第二天清晨，他们斜挎一只大包出现在王宫门面前，请求面见皇帝。

"我们要送给皇帝一件礼物。"他俩说。

"是什么礼物？"

"保密，我们要亲自献给皇帝。"

门卫官非常不满地看着这两人说道：

"看样子，你们两人倒像个骗子……"

"您在说什么？说我们是骗子？告诉您实话听清楚！我们一个叫皮普，一个叫波普，都是这城里颇具盛名的木匠。城里没有一个人不认识我们，我们可从没诱骗过任何一个人。"

门卫官无话可说，只好带着他们去面见皇帝。

"陛下，现有两个人请求来见您，一个叫皮普，一个叫波普，还带来一件神秘的礼物……"

"好啊，这些年轻的傻小子们。赶快把你们的东西拿出来让我看看。"

"陛下，这件礼品可不同寻常，其他人最好不要留在这里。另外，我们请求您不要发怒，一定要耐心听完我们的话。"

"你们其他人出去！"皇帝命令道，"好啦，现在你说吧。"

"陛下，"皮普说，"我们为您带来了一把六弦琴。"

"什么一把……你说什么？"

"陛下，您可答应过不会向我们发怒的呀！"

"好……好吧！那你们继续说，可是如果你们胆敢戏弄了我，那可没有你们好果子吃！"

"我们怎敢戏弄您呢！您瞧我们两人的脑袋长得多好呀？我们可不舍

得把它交到刽子手里。陛下，这把神奇的六弦琴能自动发出声音。一根本不需要学乐谱，二绝对不需要请老师教，三绝对不需花费什么力气就能学会了。"

"不只如此，"波普接着说，"这把琴演奏时不用弦。"

"不用弦？你们是在说胡话吧！"

"不信，等会儿您亲自听好了，陛下。"

"这把琴除了能演奏六弦琴的声音外，"皮普说，"它还能演奏小提琴、钢琴、手风琴甚至还可以是鼓的声音。"

"这是绝不可能的！算了，别再自吹了。还是先让我来听听你们的六弦琴吧。如果你们说的句句实话，我将重重地奖赏你们。"

皮普打开大包，取出那把六弦琴。这把琴果然没有弦，因为就在早晨时，皮普已亲手把它们扯断了。

"陛下，"皮普郑重地说，"现在请允许我给您演奏一支巴赫的交响曲《沙沙响的丝绸》。"

"这个曲名有点不一般，"皇帝说，"你们先弹着吧！"

皮普于是抱住六弦琴，就开始用手指头在原来应该是弦的琴弦板上轻轻地弹奏起来……不一会儿，一种奇妙动听的音乐便响彻了整个大厅，并从门窗传到了外面去，使附近的人们无比地惊讶！

"是谁在弹琴？他胆子可真不小啊！"

于是厨师问助手，助手又问仆人，仆人去问管家，管家又去问大臣，大臣去问皇后。皇后一听，二话不说甚至连门都不敲，就直接闯进皇宫大厅。一进门，就见自己的丈夫正在弹一把没有琴弦的六弦琴，但发出的声音就像一个交响乐队正在演奏似的。

"皇帝陛下！"

"快过来，我最亲爱的皇后，从今往后，再也不会有人说我不懂音乐了！再也不会有人说是我禁止音乐的了！我说大臣，你还在这里呆着干什么？还不立刻去向全国颁布我的新命令：取消禁止弹六弦琴的一切禁令！释放全部囚犯。明天清晨，全国所有的人都要来皇宫的大花园集合，带上大家自己的六弦琴。我们将要举办一场盛大隆重的六弦琴音乐比赛。到那时，我也会参加！让我们比比看，到底是谁技艺高！"

他话音刚落，立刻就响起了雷鸣般的欢呼：

"您是六弦琴之父，我们国家的父亲——皇帝万岁！"

"谢谢，谢谢！"皇帝感激地流着热泪说，"我亲爱的皮普和波普，你们让我成为一个最幸福的人，我要重重答谢你们，你们需要什么就请直说吧！"

"陛下，我们什么都不要。"皮普说。

"我们无论什么东西都不要。"波普接上说，"我们事先已经说过了，这只是赠送给您的一件礼物！"

"不错，你们是这样说的。但总不好让你们空手而归呀。来呀，大臣！把他们的帽子和口袋都给我填满金子，将六弦琴也装满金子，嘿，不过不必了，现在六弦琴已经是我的啦。"

"当然是您的了，陛下。"皮普连忙地说，"但是今天晚上，这琴我们得先拿回去一下。"

"我们想再细微地修整一下，"波普接着说，"您或许已感觉到了吧，低音管的音调有些不太和谐？"

"一点也不错。"皇帝因为怕别人说他不懂音乐，连忙地回答说，"另外，高音管好像也有些毛病，不时地会发出沙沙的声音。"

"我们弹奏的乐曲叫《沙沙响的丝绸》。"皮普说，"可是弹出的琴声却忽低忽高，看来，陛下您说得略有道理。"

"它弹出来的音调可有些不准。"皇帝得意地说。

"可不是嘛，确实不准。"波普有意顺着他的话说。

这下把皇帝陛下高兴坏了，他边笑着，边想："嘿，我很快就会变成了音乐行家了。"

"好吧！"他说，"那么今天晚上你们就把六弦琴拿回去吧，但是明天你们必须准时赶到，绝对不能误了我的比赛啊！"

"陛下，您就安心好啦！"

看到这里，读者不免会说："算了，别再讲了，大概故事的结局我们也已经猜到了。一定会是波普和皮普带着金子，越过了国境，逃往到其他的国家去逍遥自在了。"

不，事实上故事的结局并不是这样的。

"噢，要不就是故事的结局是，皇帝在比赛中弹他的那把无弦琴，但是一点声音也没有，不过最后却让他得了奖，因为所有人都怕他发怒……"

不是，完全不是这样。

第二天早晨，那把无弦琴重新演奏起了巴赫交响曲《沙沙响的丝绸》，在场听众听得几乎忘记了呼吸，而在场的优秀音乐家们也一致赞同，这次音乐比赛中，数皇帝的演技最高。皇帝听后，几乎高兴得手舞足蹈，马上宴请全国人一起吃油炸核桃，又给每个人颁发金币，最后还特意命人赠送两打领带去给皮普和波普。

这个时候了，我不得不说实情了。皮普和波普两个人不仅是两个十分能干的木匠，而且还是一对非常棒的电技师。皮普事先做好了一个如火柴盒般大的收音机，将它藏在六弦琴里面。当皇帝拿起六弦琴（因为只有他一人能拿，别人谁都不敢碰！），收音机就会响起来。总之，这是有关电气方面的一个技术，想要解释它，可不是一件轻松的事情。至于皇帝嘛，他就更不知道事实了，因为我们开始就已说过，他蠢得就像一头猪。

皮普和波普拜见过皇帝的当天晚上，经他允许，将六弦琴拿回家里整修，因为他们发现那台收音机里的一条线路断了。

大臣、皇后，甚至连皇宫里的杂役都比皇帝聪明，他们怀疑这根本可能是设计好的圈套，就像上次两个骗子戏弄这位皇帝穿新衣一样。但皇帝却不相信，反倒嘲笑他们捕风捉影。

"你们这完全是妒嫉我！"他叫道，"是担心我弹得比你们好！"

可等他单独一人时，他又感到十分恼火，因为他只会弹巴赫交响曲《沙沙响的丝绸》。"我想要弹《桑塔·露齐亚》！"他喃喃说，"唉，可光想有什么用呀！还是应该把那两个小伙子叫来，叫他们再教我弹点别的。"

这样，波普和皮普终于又能自由自在地弹六弦琴了。到了后来，皇帝只要想弹六弦琴，无论他们提什么要求他都同意。

现在如果有人提出疑问："不管你这个故事的目的是什么，皇帝吃了一次亏后，总该吸取些教训了吧，可相反……"对于这个问题，我的回答只能是："一个无知的人，如果他总是想要别人把他当成是一个最有才华和最聪明的人，那么，他就只能永远是一个无知的人。"

油煎玉米饼

很久很久以前有一个国王，他叫阿夸贝托二十世，但是人们都不这样称呼他，却称为"一分钱"，因为他实在太吝啬了，吝啬到他连王冠都从来不戴，生怕磨损它。他统治着莫日朗蒂亚整个国家。如今他已经59岁，差一岁就要满60了。

在他六十大寿的几个月前，他命人将他的宰相，外号叫做"狐狸"的阿斯杜托伯爵叫来，对他说：

"狐狸，听着。不久即将是我的六十大寿了，人民又可以给我送礼物了。不过这一次，我不想事先知道他们送的是什么！如果知道了，就不会觉得惊奇，不觉得惊奇，那吃蛋糕也不甜。但是，我要事先通知你，如果这一次礼物和以往你们送来的那些无用的礼物一样，我坚决不接受！"

"陛下，您难道不喜欢去年我们送给您的那顶漂亮的王冠吗？"

"哦，它表面虽然镀了金，可里面却是铁，这一点我是非常清楚的。"

"那么人民两年前送给您的那几匹漂亮的白马呢？"

"那只是两头驴子！只是你们把它们的耳朵割小了，这样看上去才像是马。"

"三年前送给您的那辆银子做的马车呢？那确实是用纯银做的呀？"

"不错，但是它却小得就像小孩玩的手推车一样，我从来没有坐进去过。不过够了，咱们就不说这些了。你直接告诉我，这次，你们打算送什么礼物给我。"

"陛下，如果现在我告诉了您，您马上就会知道，如果您知道，就不会觉得惊奇了，不觉得惊奇，那么您吃蛋糕时也就不会甜了。"

"这样好了，你告诉我一部分，但是却不要让我知道全部，就是说，你只说到一定的程度就停，不再多说一句话。你想办法告诉我就是了。"

事实上，伯爵阿斯杜托早已为自己想好了一个计划，但这时他却装出一副似乎沉思的神态。

"狐狸，怎么样？"阿夸贝托国王见他这样不耐烦地问道。

"哦……陛下，如果您喜欢，人民准备送一座雕塑给您。"

"好礼物，不错。是青铜做的吗？"皇帝急忙问。

"关于这个……嗯，我不能告诉您，只能说到这里，再多一句都不说了。"

"是大理石做的吗？"皇帝接着问。

"是水晶，水晶石吗？"他并不放弃。

"不会是木头做的吧？我可不要木头雕塑，因为那样人民会说我的脑袋是木头做的。"皇帝喃喃自语道。

"陛下，您请放心。这是世人从未见过最漂亮的雕塑。"

"它长得很像我吗？"皇帝听了很高兴。

"像是从一个模子里刻出来的一样。"

"太好啦，赶快去准备吧，如果这座雕塑当真能让我高兴的话，我将赠给你……"

"陛下，什么？"

"我将赐给你……"

"陛下，什么东西？"伯爵大胆问道。

"我赐你一枚金戒指吧。"

"唉呀，那我可太感谢陛下您了！"

"你先不要太激动，等我把话说完：我将把戒指里的那个东西赐给你，也就是带有窟窿的这个。戒指还是由我自己戴着，它是我父亲留下的一个纪念品哩。"

"那我也要感谢您，陛下。"

阿斯杜托向国王深深地鞠了一躬，接着倒退离开御座。此时，阿夸贝托高兴得一直不停搓着手。

顺便要提一下，几天前，阿斯杜托伯爵在狩猎途中，正好在河边的一家名叫"死画眉"酒店里用点心。他刚一跨进酒店的门，就愣住了。见一个人迎面朝他走来……一个奇怪的人……而他的脸……

"你是谁?"他疑惑地问。

"我是这家'死画眉'酒店里的新老板，先生。"

"以前的那个老板呢?"

"那是我的哥哥，他将这个酒店转交给我了。"

"噢，原来是这么回事。不过你知道吗，你的脸简直和国王阿夸贝托二十世长得是一模一样啊!"

"这怎么可能! 说我和我那个在威尼斯钉马蹄铁的老父亲长得一模一样这还差不多。"

"可是，威尼斯没有需要钉蹄铁的马呀。"

"您说得很对。正因为他不喜欢干活，所以才专挑选了一个没有马匹的城市。这样，他就能在板凳上从早晨一直坐到晚上。"

"你长得很像他吗?"

"几乎所有认识他的人都会说我长得像他，不过我可不知道像不像。因为，我从没有见过他。"

"那你见过国王吗?"伯爵听后忙问道。

"没有。"

"你长得的确和他一模一样。既然我这样说，你就可以相信我。因为我是这个国家的宰相。"

"谢谢，先生，那么您想吃点什么?"

阿斯杜托边吃，边不停地用眼睛注视着这个真名为安乔洛内，绰号名为"油煎玉米饼"的老板。

"你过来，安乔洛内。"他忍不住对他说。

"怎么，先生?"

"你的酒店生意火吗?"

"您等我算一下: 六八四十八的话……减九……如果不经常下雨，每星期可以挣到三个金币。"

"为何这么说?"

"因为，要是下雨天太多的话，每天只会有很少的猎人经过这里，其余的人差不多患感冒卧倒在床上了。"

"如果你按我的话去做，每个星期我可以让你挣上 20 个金币。"

"20 个金币吗？"他惊讶。

"是的，19 个再加 1 个。你愿意吗？"那人得意地说。

"您再让我算一下：六八四十八的话……减九……嘿，当然愿意。"

"很好！那么咱们就一言为定。但是你一定要照我的吩咐去做。"

于是，阿斯杜托详细地向安乔洛内提前交待了他该做的一些事情。安乔洛内一边听一边在账本上记下他所说的每件事，然后说："为了保证不出任何差错，我要把它们全都背下来。"

"很好，"阿斯杜托伯爵说，"为了能帮助你记忆，我先给你八个金币。"

"十分感谢您，先生。"

国王阿夸贝托二十世陛下的六十大寿这一天终于来到了。那天格外热闹。当天刚蒙蒙亮时，全国上下就响起了礼炮声和钟声。礼炮鸣了 60 响，人们一边数一边叹息说：

"第一响，唉，一个金币……第二响，唉，两个金币……第三十响，唉，30 个金币……第六十响，唉，60 个金币。唉，到头来这些钱还是出在我们的税单上。"

这时，阿夸贝托则被一个由市政府官员、大臣、上流人士以及唱着歌谣的小学生游行队伍吵醒：

"不要再唱啦，真烦！"阿夸贝托不耐烦地叫道，"吵得我简直不能睡觉。哦，我想起来了，哦，我的礼物呢？"

"陛下，在广场上。"阿斯杜托伯爵对他说。

阿夸贝托立刻跑到窗口，果然，广场的中间竖着一座覆盖金丝绒布的雕塑。

"就在那块帷幕的下面吗？"国王急忙问。

"是的，就在帷幕的下面。"

"精致吗？"

"怎么会不精致，简直完美极了。"

"快，把裤子、鞋子、披风都给我拿来，我要亲自去看看。"

"陛下，今天你应该把王冠戴上。"

"不行！万一下雨，它会被淋坏的。"

"怎么能下雨？您看，今天的太阳多好啊。"

"但是，它也怕太阳光暴晒，那样它就会熔化、变质。"

"陛下，在大寿这一天，您必须也应该戴上它。"

"好吧，那就戴这一次吧。"阿夸贝托国王叹了一口气说，"把王冠拿给我。"

这时的广场上，挤满了莫日朗蒂亚人民，他们全在等候观看由他们出钱捐给国王的雕像。

"我们是多么希望它是木头做的。"一个市民对他旁边的别人说，"这样，它就不会值多少钱了。"

"即使不是木头的，我们也希望它是石头的。"另一人说。

"如果不能是石头的，我们也希望它是块大理石的。"又有人说。

"如果不能是大理石的，我们就希望它是铁做的。"

"至少我们希望它不是金子制的！"一个老市民悲叹的口吻说。

"我们所有人都希望它不是由金子做的！"几乎所有的莫日朗蒂亚人齐声说。

可话音刚落，阿夸贝托就揭开了帷幕，在他还没有完全揭开时，所有人的嘴里突然发出了一种"哎哟"的惊奇声，就如同一群鸽子在起飞时的声音一般。

当帷幕完全被揭开时，惊奇声就愈加热烈了。

"你们不许叫！"阿夸贝托向下吼道，"该由我第一个说'哎哟哟'。呵，这座雕像真是不赖呀，比我原本想象的那个要精致得多。狐狸，这次你做得不错！"

这座雕像确实美极了。国王左手指天空，右手握手杖，简直和站在地上的国王一模一样，看它那副神气劲，就好像是在说："我自己长得和太阳一样的完美！"

不一会，国王慢慢地认出了雕像身上一件又一件的衣服："那是去年我穿的披风，哦，那是我骑马时的裤子，那是……"他一一数着。

"陛下，是的。"阿斯杜托低头微笑着说。

"它的脸和我的简直是一模样，你们看，我的鼻子，那是我的眼睛，我的嘴，我的皮肤。"

狐狸说："是的，陛下。"

"真是怪了！它怎么可能会有颜色？难不成它是石膏做的！"

"不是的，陛下！"伯爵回答说。

"是由青铜做的吗？"国王忙又问。

"不。"

"是用银子做的吗？"

"也不是。"伯爵不紧不慢回答。

"是……难道是金子做的？"

"当然不是，告诉您吧，陛下，它是一座活人塑像！"

"活人塑像？这怎么可能？"

"不信您请看，阁下，它是一座会呼吸的塑像。"

"是的，的确如此，我看见它在呼吸了。"

"它也是一座能够移动的塑像。"

这时，只见活人塑像伸出了一只手，做了个打招呼的动作。

"它还是一座会说话的塑像。"国王惊讶道。

全神贯注只等这一暗示的活人塑像立刻开口说：

"祝您健康快乐，莫日朗蒂亚的阿夸贝托二十世国王！"

顿时，四面八方又重新响起了久经不息的惊叹声。

当然啰，这座塑像一定是"死画眉"酒店的那个老板，那个外号叫做"油煎玉米饼"的安乔洛内了。他为了每星期都能赚上20枚金币，同意扮演这个角色。现在他发现，这桩美差也确实合算，不仅能得到金币，而且还博到了阵阵掌声，因此，他虽然很疲倦，但内心却感到非常满足。

就这样，阿夸贝托二十世国王意外地有了他个人的活人塑像。相反，他的父亲只有一块死的墓碑。于是，他就以为自己已经变成一位伟大的人物了，然后回宫殿吃他的生日蛋糕去了，他那股得意劲儿简直都无法形容。

随后，市民们也都纷纷回家去吃蛋糕了。可是，安乔洛内却依然留在那里。因为事先伯爵阿斯杜托早已和他讲妥：他必须在那天在碑座里从黎明一直站到黄昏，不能吃任何东西。直到深夜才可以离开，因为只有到了那个时候，这个偏僻的王国里，所有人，也包括值班的卫队也都休息去了。

起初事情进行得还算顺利。每天早晨国王都去看他的活塑像，让它说上一句："陛下，早晨好！"然后才回宫殿里去翻看书里的图画。

但是突然有一天，事情发生改变，而且变得十分离谱。事情是这样的：有个猎人已经离开城市几个星期了，这一天他突然来到这块活塑像下面，抬起头仔细地看了一阵，突然叫道：

"怎么是你啊，安乔洛内！你为什么站在那座碑座上呀？"

"你住口！"他急忙高呼。

"为什么，要我住口！你是不是成了一个疯子了。你头顶上戴的这是什么东西？"

"自然是王冠。"

"嗯，我看也像是个王冠。但是我不懂你头戴王冠却站在那上面做什么？"

"看在上帝的份上，先别说了！快走吧。"

就在此时，一个市民走过来问道："发生什么事了？"

"快过来看。"猎人说，"安乔洛内是疯了。"

"是哪个安乔洛内啊？"市民问。

"还能是哪个安乔洛内啊！这里不就只有一个安乔洛内嘛，就是他，那外号叫'油煎玉米饼'的安乔洛内啊。"

"'油煎玉米饼'？为什么叫这个名字？"

"因为他只吃油煎玉米饼，还要在饼上面放好多的奶酪。"猎人解释道。

不一会儿，市民们就陆陆续续地都聚到这里。他们围在一起，一边笑，一边听，最后竟开始狂叫了起来："油煎玉米饼'！'油煎玉米饼'！哈哈！"

起初，安乔洛内还可以极大的耐性立在那里任由他们叫唤，但后来广场上挤满了嘲笑和喧闹的人群，他终于失去了耐性和理智，他再也不能忍受那一帮人叫他"油煎玉米饼"了。可说时迟，那时快啊，只见他从碑座上敏捷地跳下来，开始左右挥舞他那根铅做的手杖，大叫道："我就是'油煎玉米饼'！我就是'油煎紫菜片'！"

他越挥舞就越来劲，而台下人们的叫声和笑声也就愈加响亮："'油煎玉米饼'！'油煎玉米饼'！哈哈！"

当他再没有力气挥舞手杖后，准备重新登上碑座时，他不由自言自语道："算啦，我不希望永久地站在这里了，让城里的所有小孩再来嘲讽我。"

说完话，他就丢掉了手杖、王冠、披风，又回到他的"死画眉"酒店里去做他的自由老板去了。

事后，当阿夸贝托提起这件事情时，人们就会对他说，"活人塑像"已经被心怀妒忌的其他的国王雇请的法师使用妖术弄走了。始终没有人告诉他事情的真相，结果从那以后就再也没有人叫过他"一分钱"了。后来因为阿斯杜托伯爵泄密，历史书上给我们留下了另外一个他的新的绰号。于是，从那一天开始，莫日朗蒂亚人民就把他们的国王称作"油煎玉米饼"了。然而关于这件事情，阿夸贝托始终不知道，直到他死的那一天，他还认为历史书会把他叫做"胜利者"或者"伟人"呢！

快乐公主

从前有一个国王，他名叫博埃提多。他和妻子罗莎琳达王后在结婚10年后才生了一个小女儿。她的诞生令他们高兴至极，于是他们给她起个名号叫"快乐公主"，并且全国举行隆重而热闹的庆祝活动，一连放了三夜晚的焰火。

为了迎合她"快乐公主"的称号，很快地小公主就表现出一种轻率和活泼的性格惹人疼爱。

一次，宫廷正在举行一个庄重的仪式时，她竟然在国王宝座前的台阶上翻起跟头来。宫廷大臣站在一旁都急得不知所措，气愤地责备她："公主，我们这里可不是一个杂技场！"

博埃提多听后笑着说："就让她玩吧！如果让你年轻50岁，你不也是像她一样喜欢玩吗？"

又有一次，在一个庄重的仪式期间，那位快乐公主把一条用纸做成的鱼贴到了宰相的背后，把宰相气得说不出话来，竟提出要辞职。他对国王抱怨地说："无论如何，我只能再在这里干两个月！"

博埃提多一边安慰他一边说："你干也好，不干也罢，但是你要承认，这条鱼是按艺术规则剪出来的。"

国王的过分溺爱，使快乐公主变得愈加调皮，以至后来，她连出入王宫都是从窗户爬进爬出的。

"公主，"她的女管家乔比亚娜伯爵夫人指责她，"凡是有家教的人都很清楚这个宫殿里有200扇门。"

"从门进进出出太麻烦了！"快乐公主回答说，"跳窗台不是更省事吗？"

可是好景不长，让她悲伤的一天终于还是来到了。博埃提多国王不幸重病死去。两个月后，王后也被埋进了王室坟墓。这座坟墓虽然肃穆庄严，装饰着各种各样的雕刻物，可是仍同其他所有的坟墓一样，依旧显得冷冰冰的。快乐公主当时只有16岁，她伤心得差点死去了。就这样，她终于登上王位成了一位女王。但是每次的内阁会议上，她都是一言不发，只是呆呆地静坐在那里，因为她对于大臣们讨论的那些事情既没有兴趣，也听不懂。因此时间久了，她对宫廷中的这种单一生活感到厌烦起来，甚至对节日、舞会、会客和音乐会的演出都失去了兴趣。于是，她又和以前那样开始任性起来：她经常扯侍卫官的胡子，在女王宝座的台阶上翻跟头，有时她为了让乔比亚娜伯爵夫人找不着她，竟然躲到床底下。她的任性让贵族们十分恼火，然而人民却十分喜爱她。一次，快乐公主没有从持枪向她致敬的士兵守卫的大门里走出来，反而却出人意料地从窗口跳进了花园里，结果这一下子引起了一场轩然大波。

"她哪里像个女王，简直就是个顽童嘛。"侍卫官大声地向他的亲信们说。而此时，快乐公主的表哥利多贝托公爵听得比其他人都更为仔细，他两眼已经死死地盯着王位，正如人们经常说的那样：他想蓄谋篡夺他表妹的王位。实际上，他早就想利用这位年轻公主的轻率和贵族们的势利来实现他的阴谋了，并且他还向贵族们发誓，事成之后，保证一定让他们享受无穷无尽的荣华富贵。这样，他自己就能永远地正大光明地从宫廷的正门里进出了。

某天深夜，快乐公主被她忠实的管家慌乱地叫醒："公主，快起来，赶紧起来穿衣服！我们必须立刻逃走，一分也不能耽误。利多贝托公爵已经夺走了您的王位，自封为布利斯朗蒂亚国王了。现在他正打算派卫兵来抓您呢！"

"利多贝托国王？"快乐公主哈哈的大笑起来，"可他的头发总是蓬乱地竖立着，可能连王冠都戴不住。"

"公主，现在可不是笑的时候。您必须赶快起来，赶紧逃走。"

"太棒啦！逃跑这件事我可还从来没干过呢！可是在我们的王国里，就连最小的孩子每天都可以干上100回呢。快，乔比亚娜，我们逃跑，我们现在马上就逃！"

当乔比亚娜伯爵夫人急忙帮她披上一件外套时，快乐公主依旧不停地笑，并且高兴地拍起手来："我们一定要像童话里的公主一样，逃进森林里去。"

"公主，现在可是寒冬腊月。森林里有雪，我们是要受冻挨饿的……"她焦急地说。

"你真笨，我们是不会冻着的。只要我们穿上滑雪板再痛痛快快地滑上几圈就可以了。"

快乐公主她天生就是这样快乐地应对一切，真是个幸运的公主啊。

森林里的新生活令她高兴极了。相反，如果换作任何一个稍微不如她乐观向上的公主，都会因为害怕和屈辱而哭鼻子的。她和乔比亚娜隐居在布利斯朗蒂亚一处密林深处的一间茅草屋里。在那段艰苦的逃亡岁月里，有一个名叫格拉齐亚诺的忠实仆人无怨无悔跟随着她们到了那个艰苦的避难处，为她们寻找食物和生火的柴草。不久，利多贝托公爵也就不再搜捕她们了。

快乐公主和她的乔比亚娜，忠实的格拉齐亚诺在树林里一住就住了三年，在这期间，没有一秒钟，她不是在欢笑和玩乐中度过的。

有一天，格拉齐亚诺去附近村里买东西，回来时带来了一个令人激动的消息："王国的军队起来造利多贝托国王的反啦！人民因无法再忍受政府的无理和残暴的压榨，也纷纷开始行动起来啦！他们请求快乐公主重返执政。他们说重新上任的大臣已经派使者在各处寻找您呢。"

快乐公主叫道："太好啦，我们要回家喽！"

三天后，一支由绅士贵族组成的欢迎队伍来到了快乐公主的茅草屋前面，其实他们中有人早已知道她的住处，但是他们却严守这个秘密，以防止给她带来危害。

快乐公主此时赤着双脚，没有戴帽子，而且身穿一套极其普通的衣服走到贵族面前。贵族们一起向她俯身鞠躬，用最尊敬的口吻对她说：

"快乐公主，为了我们布利斯朗蒂亚人民的幸福，请您重返执政吧。"

"我早知道会有这么一天的，"快乐公主说，"那我们立刻就走吧！"

快乐公主回到王宫后还和从前一样，但不再戏弄大臣和扯宰相的胡子。官员们见她如此快乐，无忧无虑，为了不让她悲伤，都不希望把在她流亡期间国内所发生的那些糟糕的事情汇报给她。

直到她年满 20 岁的这一天，到了选丈夫的时候，他们才严厉地提醒她说：

"这是一件很严肃的事情，公主，"宰相十分郑重地说，"一件十分以及非常严肃的事情。我请求您能够答应我先不要笑。"

"我尽力做到，"快乐公主边用丝帕捂住嘴暗笑，边回答道，"但是我可能不能完全做到。因为我觉得结婚的想法本身就非常滑稽可笑……"

话音刚完，她忍不住就又哈哈大笑起来。

那天的内阁会议要比平时开的时间都长。最后，这位快乐公主下定决心。

"好吧，"她顽皮地笑着说，"我决定接受你们的建议。我结婚。还有为了向你们表明我的话是严肃的，我许下承诺：我将嫁给一个这样的青年，不论他是贫民还是贵族，是布利斯朗蒂亚人还是一个外国人，只要他在大家面前向我表白爱情的时候能够使我不发笑，而令我保持严肃，那么，我将接受这个青年作为我的丈夫。"

大臣们获得了她的承诺之后，立即向全国发出了公告。

到了规定的这天，在指定的时间，王宫面前的广场上已经挤满了人群。无论是民众还是求婚者。

前来的求婚者，在通向高高在上的女王宝座的台阶前面排成了一行。他们来自王国的每个城市甚至还有外国的贵族青年，他们中间每一个人都有自信能让这位快乐公主保持严肃。

当快乐公主一出现在人群面前时，立刻响起了一阵热烈的欢呼声，一直到她坐上王位，欢呼声经久不息。快乐公主挥动王冠答谢，好像那是一块小手绢或一顶普通的小帽子。

这样，欢呼声变得就愈加热烈了。

只听一声号角响起，第一个求婚者走上前，跪在这位女王面前，说道："公主，我将我的心奉献在您脚下……"说到这里，他突然就停住了。快乐公主认真地听着，猛地站了起来，一边围着王位转，一边双眼向地上看，就好像在搜寻着什么。

"我能帮您做什么吗？"这个求婚者急不可待地问道。

"嗯，"快乐公主回答说，"你能帮我找出你的心吗？你说你把它已经放在我的脚下了，可是我怎么都看不见？而且这台阶上可什么都没有呀……"

话音刚落，她就笑了。她一笑，全国人民也跟着笑起来了。这个求婚者霎时满脸通红，鞠了一躬，就急忙往回走，经过广场，跨上马，转瞬不见了。

接着，第二位求婚者走上前来，这是一位打扮得格外英俊的王子。人们见他顿时停止了笑声，立刻齐声叫道："哟！哟！哟！"

这个王子说："公主，我对您的爱情就仿佛一团火焰般……"

"快发警报啊！你们赶快去找救火队呀！"快乐公主喊道，"至少也得要给我一桶水。我可不希望看见这样一位可怜的青年的胡子被他爱情的火焰烧光。"

话刚说完，她又笑了。聚集在台下的人民也跟她笑了起来。就这样，竞争者一个接一个地上前发表爱的宣言，但是又都一个接一个地退了回去。到了最后，剩下的一部分求婚者竟都没有勇气上前了。

"该你了！"他们相互推让说，但是却不见一个人敢迈步向前。

就在这个时候，快乐公主那美丽的脸上突然呈现出一种奇怪又反常的表情，她变得很严肃，可以说是变得悲伤起来。这可能吗？只见她边向宰相做手势，边向他打听着什么，接着又仔细地听他说话，最后竟激动地和他商量起来。

原来事情是这样的，在她在拿求婚者开玩笑的时候，她就注意到了一个十分普通的贫苦青年。而整整一个上午，他都没有露过一丝笑容。正因为他没有笑过，快乐公主才开始变得严肃起来。她发现原来他少了一条胳膊，那空荡荡的上衣袖筒塞在一只口袋里，一动也不动地贴在他身上。而他是谁？为什么他如此悲伤？他这条缺少的胳膊又是在哪里失掉的，又是为什么失掉的呢？

"他是个残疾人吧。"宰相在很快地了解情况之后对快乐公主汇报说。

"一个残疾人？这是怎么回事？"快乐公主又问道。宰相无奈地向她作了一番解释。他把战斗、战争、死伤和人民的痛苦情况都告诉了她。

快乐公主一边听一边感到内心产生了一种她从未有过的强烈的同情感，听着听着，她竟不由自主地流下了眼泪。

此时，整个广场都陷入了一片寂静。所有人都觉得一件不寻常的事情即将发生。他们静气屏息，一句话也不敢说。

"你们怎么可以把所有这些事情向我隐瞒呢！"快乐公主生气地说，"在我的周围竟有这么多悲伤事情，而你们怎么又能让我这样开心取乐、随心所欲呢！"

宰相吞吞吐吐地向她解释这一切，但是快乐公主如今已经不想再听他的了，她深情地注视着这位看起来很悲伤的残疾青年，这个青年反过来也看着她，之后再也没有垂下眼睛。他的眼中，没有责备，有的只是温柔的情意。快乐公主突然肯定是因为同情他受过的苦，所以她爱上了他，同时她也非常肯定这个青年也已经爱上了自己，因为她已推测这个青年已经看出了她对他的同情。

于是，她站了起来，快步向广场走去。这时人们都为了看清怎么回事，也比以前更加安静了。她走到那位青年面前，只见他眼睛湿润，脸色苍白，但是声音却没有颤抖，所有人都听见了他们的谈话：

"你是否愿意做我的丈夫?"公主问道。

这个青年只回答了三个字："我愿意。"

吉普在电视机里

妙！妙！妙！

有一个男孩名叫做姜边罗·柄达，大家都习惯叫他吉普，八岁，与他父母住在米兰赛德勃里尼大街 175 号内院 13 号。1 月 17 号下午 6 点 30 分，他脱了鞋然后打开电视，在一把绿色的人造皮安乐椅里缩成一团，等着看系列片《白钢笔历险记》。

而在右边另一把安乐椅里，吉普的弟弟正蜷伏在那儿，他叫做菲列浦？柄达，大家都叫他菲列浦，今年五岁了。为了更加舒坦些，他也学哥哥把脚上的鞋蹬在了地板上。

除了年龄上的差别，足球冠军队的名誉也把柄达亲兄弟区分开了：吉普是劲旅英特里队的队员，而菲列浦则是强队米兰队的队员。但是这与我们的故事无关。6 点 38 分时，吉普突然感到两条腿的里面而不是表皮上有一种奇怪的蚁痒，是一种很特别的痒痒，故事就是从这儿开始了。

6 点 39 分时，吉普深感自己不可抗拒地被一种十分莫名的力量吸引，竟从安乐椅上腾空起来，在空中摇了几下，简直像一支火箭出发奔向深旷无垠的太空时似的，飞过了房间，一下摔了个倒栽葱，跌进了电视机里去。

他急忙被迫藏到岩石后面，来挡住眼前各个方向"嗖嗖"射来的箭。就在这时，从那个陌生的地方看，他的眼光惊恐地注视着整个房间，注视那空着的安乐椅和那安乐椅腿前他自己的鞋，注视着菲列浦此时正坐着的那个安乐椅。此时菲列浦突然惊奇地大声高喊："妙，妙，妙！你是怎么做的？竟可以连一块玻璃也没打破。"

"菲列浦，我怎么可能知道是怎么做的。"

"现在你正在电视屏幕中，就像白钢笔似的。但你是从哪儿进去的呢？"

"这我怎么知道从哪里进来的，菲列浦。"他不屑地说。

"妙啊！妙极啦！不过你得稍微挪动一下，否则我看不清。"

"菲列浦，那要怎么办哪？怎么会有这么多箭向我射来呢。"

"你真是胆小鬼。我可没瞧见什么箭不箭的。"仍然不屑。

就在这时，很多好人也没时间去理睬吉普，他们正拼命在打退坏蛋们的进攻。白钢笔部落，就如每个星期五似的，又一次英勇地战胜了他们的敌人。场景非常快地换了，大石头后面有一匹马，可我们的吉普呢，你们猜怎么了？他现在呀，正蜷缩在马的四蹄间哩。"哎呀！"菲列浦大叫起来，完全害怕得心怦怦直跳。

其实不需担心，那可是一匹训练有素的马。菲列浦说："既然你已经在那里了，你不如就问一下白钢笔，为什么始终两个星期以来没有一丁点关于雷云的消息。"

"可他一点也不懂意大利语呀"。

"好吧，你先向他说：喂！"

"喂！"吉普说，但是白钢笔还有别的事要做。正好就在这个时候，他正在一个桩子上为他那印第安女人解开她长长的乌墨发辫呢。

"嘿！嘿！"吉普胆战心惊地听着还在小声招呼着。

"说大点声！"菲列浦为他鼓气，"你难道见到他就害怕了？一个大名鼎鼎的英特里队球员……"

"那你还是米兰队的队员呢，可现在却在安乐椅里动都不动啊！"

"嘿，是吗？好吧，那我去关了电视机，让你消失了吧。"这样说完，菲列浦便跳到地板上，飞快地穿上鞋，伸着手向电视开关奔去。

"不——不要关！"吉普使出全身力气，立着嗓门大叫。

"我就要关！"

"妈妈，救命呀！"

"什么事呀，这么大呼小叫的？"柄达夫人此时正在厨房里一边熨衣服，一边回答。

"菲列浦想把电视机关了。"

"菲列浦，别闹啦，乖。"妈妈叮嘱着，她总是那样的耐心。

"他钻进电视的荧光屏里去了。"

"吉普，快别再胡闹了。"妈妈说着，手却还在不停地熨着衣服，"别碰那台电视机，这东西很精巧，不能碰的。"

"还说别碰着呢，他自己根本整个身子都钻了进去。而且只把鞋子甩在了外面。"菲列浦得意地说着。

柄达夫人规劝着："我和你们说过多少次了，你们不可以在家里光着脚那样走来走去。"

"可是菲列浦也赤着脚。"吉普不服气地回应道。

柄达夫人觉得是应该让自己去休息一下的时候了，于是叹了一口气，她放下熨斗，走到在饭厅门口。

"吉——普！"她大叫道。

"妈妈！"

"你这是在玩什么，我的宝贝儿子？"

"我向您发誓，妈妈，这可不是我的错。"吉普一边哭鼻子，一边向妈妈解释，"我刚才在那儿好好的呢……看。"他指着空着的那把安乐椅，像是要让它为自己作证一样。

"你爸爸回来又怎么说呢？"柄达夫人一边叹着气，一屁股就坐进了安乐椅。

正在这个时候，鄂嬷大姨回来了，她刚才可是玩牌去了。"这下可让我给撞见了！"她尖声尖气地嚷着，她责备的眼光直逼向她的妹妹柄达夫人，"是你让你的儿子们可以玩如此危险的游戏？"

从三言两语中，她已知道了大概，但显然并不知足。"是的，你们过来，快给我讲讲那神秘的力量。你是说那边的那个少爷吗，因算术得了个大大的 40 分，今晚上不太好让他爸爸在成绩报告单上签字，想借此要躲避他父亲的巴掌吗？好啦，现在你们立即看住他，可千万别让他跑啦！我马上去打电话让电工来。"

电工深知自己责任重大，他说他可以在十几分钟内赶到。

而与此同时，电视屏幕上那个北美洲土人正在慷慨地把荧光屏和音频都让给一位漂亮可爱的小姐，她正在忙着调和没放过油的生菜。

"什么破根须啊！"菲列浦嘟哝着。忽然他决定做一幅画，于是他就在桌子上准备好了一张白纸、一杯水和一个调色碟，还有他自己的笔，就连吉普的笔也都拿过来了。

"妈妈，他把我的笔拿走了。"吉普向妈妈抗议着，从调生菜的盘子里探出了头。

"菲列浦，别动属于你哥哥的东西。"柄达夫人说道。

菲列浦好像根本没有听到似的，反而拿起吉普的一支笔开始调明亮鲜艳的蓝颜色。

吉普大嚷大叫，大闹大吵，甚至还对他们进行威胁。然而不管怎样，他的拳头绝对不能触及他的弟弟，于是只好干生气。然而他越是无能为力就越气得发狂。

吉普高声大喊，菲列浦用大声叫喊来打断他，妈妈和大姨大叫大喊让他们安静下来。

正当这个"音乐会"进行到它最热闹的时候，会计乔尔达诺·柄达先生从银行下班回来了。"作为一个父亲，到底还是一家之主，欢迎的气氛还真是热烈呐。"他得意洋洋地回家进门。

"喔，你别着急啊。"柄达夫人还没看清是谁就急忙地说，"我以为是电工来了。"

"如果电工都这样大呼小叫的，消防队恐怕也需要赶来了。他来要干吗？怎么洗衣机又出毛病啦？"柄达先生生气地叫。

"哪儿呀，是为了吉普。"柄达夫人生气地回答。

"吉普？喔，我敢打赌，他一定是又把我的电剃刀弄坏了，就像上星期那样。"一边说着一边找着，"可是他藏哪了？"

"我在这儿呢，爸爸。"吉普轻轻地回答。

柄达会计沿着声音转过头，朝着电视机望去。立刻他被惊得目瞪口呆，一动也不动地呆在那里，好像一尊石膏像一样。

"既然已经成这样了，"大姨一边走一边说，"就原谅他吧。在下一个期中考试时，我们的吉普会把最棒的成绩单给我们拿回家的，而且还会在整个米兰的算术竞赛中名列前茅呐。"

"成绩单？算术？这是怎么一回事？"柄达先生喃喃地说，有些丈二和尚摸不着头脑的感觉。

"现在我就去把它拿来给你，你只要在上面签个名就可以了，吉普会乖乖地从那里出来，然后我们就可以开饭。"

鄂嬷大姨可真不简单，她带着坚定的神态走向抽屉，从抽屉里拿出那张被她悄悄修改过的成绩单，也只有这样才好让吉普在他爸爸面前能勉强通过。

"别忙，别忙。先随他去。"柄达先生说，"这可不是什么考分好不好的问题，而是一种很可怕的病。就在昨天的报纸上还登了一篇文章，如果我没有弄错的话，想来可能是罗大里写的，他也描述了一个类似的事件，说是有一个律师，还是一个大律师，法庭的王子。这个律师是一个电视迷，不理家务，而且怠慢自己的事业，也不注重自己的健康。他的心中只有电视机，不管白天还是夜晚，一个节目都不放过。即使什么节目都没有了，他也不舍得把电视机关了，继续坐在那儿连续几个小时地傻等。等着会不会出现告示或者通知什么的。总之，他什么都可以看：喜剧、电影、广告、会议、文盲学校、中间休息、伊特鲁立人的坟墓，或者什么别的。和菲列浦、吉普一个样。当然，那是一种病。"

"结果怎么了？"

"结果那位律师跌进了电视机，在里面呆了足足三天。你们可以想象到，他在那里接待主顾定会洋相百出，因为他只穿着衬衣，而且连领带都没有系。"

"那他是怎么出来的呢？"

柄达会计刚要张嘴回答，却受到了突如其来的灵感启示，急步跑到前厅，又穿过楼梯，敲响对面邻居的门。他的邻居是勃罗斯拜里律师（是另一位律师，不过不是得病的那个，这一点大家要清楚：在意大利，那有好几个团的律师哩）。

"柄达会计，您好！有事吗？快请坐。"

"对不起，我想借您家的电视机用一下，就十几分钟，可以吗？"

"现在就要？可是电视新闻才开始，要是错过了太可惜了。这样您看可不可以？如果您的电视机坏了，就来我这儿看好了。"

柄达会计三言两语把事情说清后，又说："那天的报纸上倒是有一条治这样病的新闻。只要把另一台电视机放在那个有病人的电视机对面就行。由于受到新的电视屏幕诱引，病人会马上从原来旧的那台里爬出来然后钻进对面的那台电视机里去。只要准确抓住时机，当他还浮在空气中的一刻，同时将两台电视机关了，事情就算办好了，引力当即也会消失，病人就回到地上来了。当然得需要铺块地毯，免得病人跌坏。我说的那个大律师就是用这个办法得救的。不过跌在地板上倒是跌得狠了点，头上当时就起了三个疙瘩，就算不恶化，也得要至少 12 天才能痊愈。"

勃罗斯拜里很有耐心地听完他的叙述。他想亲自看看吉普，想看看他从电视屏幕里究竟是如何羞愧地向自己打招呼。于是说明自己很乐意帮忙，不过要等电视新闻看完以后，他说："有一点您要知道，这是我最感兴趣的唯一一个节目。"

但十分不幸，电视新闻结束了后，勃罗斯拜里家的孩子们简直闹翻天了，说什么也都不允许任何人动电视机，因为他们还要看广告旋转游戏机呢。怎么劝说都不听。

而我们可怜的吉普在非常不舒服的电视机里，还得忍受广告旋转游戏机的吵闹。他先是成功地躲过了一个牙膏管里喷射出来的牙膏，然后看着它掉进了一个装满肥皂水的桶里。一层层爽身粉的云雾往他的鼻孔里、眼睛里钻，呛得他又咳嗽又哭。在鄂嬷大姨的叫嚷声和菲列浦那幸灾乐祸的笑声中，一种十分特别的漆在他的毛衣上划了几道很奇特的发光线。一支新式的圆珠笔又在他的鼻子下重重地画了两道粗黑的胡子。他多么想自己哪怕抓到一块这样奶酪，也能解解馋呀，可他并不那么灵活，倒是在他手指之间贴上了那么一块专治风湿病的药膏。

当广告游戏一结束，勃罗斯拜里律师就按照他刚才的许诺，将电视机搬到了邻居柄达家，不过他嘴里却总是唠唠叨叨的："怎么偏偏这个时候，全欧电视中心播放拳击比赛呢……要知道啊，这可是我唯一最喜爱的节目呐。怎么会就这么巧呢？"

新来的电视机现在就放在那架旧的对面了，吉普方才在里面与广告斗争完，被打得惨败，现在他正在把身上那些战败的痕迹清掉。鄂嬷大姨将家里所有床上的小地毯都一条一条摞了起来，好让吉普在跌下来时免得会碰起很多肉疙瘩。一切都准备就绪，试验拯救吉普马上就要开始了。

柄达会计这时大声说："注意啦，当我一给出信号，你们就立刻关了电视机。有一点需要提醒你们：一定要在同一个时刻关掉电视机！"说完他就转向电视机里的儿子，又再三叮嘱："吉普，你一会儿一定要尽可能地努力盯住律师家的电视机。千万记住，否则你就出不来了！"

吉普很是听话，可是说时迟那时快，刚才那奇怪的痒痒突然又犯了。瞧他又像发出的火箭一样，快速摆动了几下，紧接着跳出了旧的电视屏幕，以超音速的速度穿过了房间。

真是不幸，因为受这奇特情景的吸引，我们的柄达会计竟忘记了发信号。吉普滴溜一声就钻进了勃罗斯拜里律师的电视机里，接着就消失了。"吉普！儿子！你在哪儿？听见爸爸叫你了吗，吉普？"

在两台电视机里，意大利拳击家正和英国拳击家进行着不计数地交手。而可怜的吉普呢，连影子都看不见了。

"快，播第二频道找一找！怎么会不见了呢！"

勃罗斯拜里电视机的第二频道里没有，柄达电视机的第二频道里也没有。

"啊呀，这叫我们怎么办才好啊？"

就在此时，门铃叮当地响了。这次才真是电工呢，他身强力壮，满脸红光，仿佛五月的玫瑰，只见他问道："是您在叫我？有什么事？"

而众所周知，电工的迟到是早就已经出了名的。

吃人事件？

隆德克维斯特教授是斯德哥尔摩隆德克维斯特诊所的一名主任，他正用最近新发明的仪器在为一个病人治疗。他的病人名叫斯古格隆德，是个做木材生意的商人，可是最近他怀疑自己得了胃溃疡。隆德克维斯特教授为他治疗用的仪器实际上是一根十分精细的管子，好插进斯古格隆德先生的食管里去。就这个当然是太少了，教授还会在食管里灌进些别的东西，也包括一匙蓖麻油。另外还在管子的一头安装了一台十分精小的电视摄影机（这一点必须知道），只是比别针稍大一丁点儿。在管子里可以走电线。在管子的另一头，即在斯古格隆德先生的体外，把电线接通在打开的电视机上。

"都做好准备了吗？"隆德克维斯特教授询问他的助手和其他两位协助护士。

回答他的是用瑞典话说的三个十分清脆的声音："好了。"

斯古格隆德先生也说"好了"，但此时此刻，对他来说却是少说为好：在手术台上，病人的谅解是不能不当一回事的。

"我们可以开始了，"隆德克维斯特教授说。首先他先把管子插入了木材商的食管，按下这个按钮，又按下那个按钮。除了忍住了计划之外的一个喷嚏，接着在荧光屏幕上又出现了斯古格隆德先生胃内部的图像，被放得很大很大。

"哟！"两位护士齐声说到（众所周知，她们说的是瑞典语，可是在中国话和意大利语中也都有说"哟"，这个字是世界通用字呵）。

"斯古格隆德先生，请您镇静一些，多想想桦木和白杨的价钱，再多思考思考上税这个问题。我们用电视别针对您的胃详细检查只需十几分钟就完成了。现在，不瞒您说，我们觉得就好像在您的令人十分羡慕的消化实验室里工作。护士，把电视屏幕的亮度再调高一些，因为首先要考虑使斯古格隆德先生的胃内部高度适中。好，就这样，这样很好。那么现在我们仔细看看。"

四双眼睛盯住了荧光屏，八个眼皮同时眨呀眨。

"啊呀呀，天啊！"助手惊叫起来。

两位护士惊奇地说："哦！"

隆德克维斯特教授惊恐地脱口叫了出来："呀，这是罕见的嗜食人肉病啊！"

在荧光屏上，吉普很明显地正躺在斯古格隆德先生的胃里，现在他正在用一个指头点在自己鼻子上消磨时光。他突然发现有人注意到了自己，就很有礼貌地站了起来，立正并且深深鞠了一个躬。

隆德克维斯特教授见到这场景嚷了起来："斯古格隆德先生，您向我隐瞒了您为什么不舒服的真正原因！您认真仔细地想想吧，毕竟消化了一个孩子怎么可能不留下一点痕迹？看那儿，那就是您吃人的证据。真不知羞耻啊！您得的根本不是什么溃疡，而是十分罕见的嗜食人肉症。"

斯古格隆德先生很想争辩，但食管内现在插有微型电视摄影机，也是无可奈何。再说，没法看见荧光屏幕。对这种突如其来的那可怕的责难不知所措，简直莫名其妙。

"嗜食人肉症！"隆德克维斯特教授不断地重复着。"在整个 20 世纪里，当各殖民地人民获得文明、独立的时候，木材商们倒开始用起人肉餐来了！这也太荒谬了！"

一位护士靠在他耳边小声说："教授，看这孩子，仔细看倒像是正在跟我们打手势。或许还活着呢。"

"真是个可怜的小家伙，连鞋子都没穿。"另一位护士看着孩子说。

"还不算太坏，起码还给他剩下了一双袜子。"助手看过那孩子批评斯古格隆德先生，严肃地看着他。

隆德克维斯特教授要大家先静下来，然后又从头到脚，甚至连同袜子一起，仔仔细细地研究起吉普他本人来了。

"你现在觉得怎么样？"研究了一会儿教授问他。"依嘎碧斯谷念德。"这就是他得到的回答。

"好奇怪的语言。"隆德克维斯特教授自言自语道（解释：实际上，吉普讲的是意大利语，这句话的意思是"我一点都不懂"；不过巧的是，隆德克维斯特教授本人连一句意大利语都不懂，他只觉得是些莫名其妙的声音钻进了他的耳朵。反过来，假如我们再从对瑞典文一窍不通的小吉普的角度想，那么我们必须把刚才的故事倒过来写。因为之于他，当教授、护士们和助手讲话时，他也听到的只是些什么"稀里糊涂、叽哩咕噜、叽叽喳喳、吱吱呀呀"之类，于是乎他也会想："好奇怪的语言"之类的声音）。

还好有个护士会一些意大利语，因为她曾经在里乔内度过一段不短的假期，这样，正好可以充当翻译。

"你现在觉得怎么样？"隆德克维斯特教授问吉普。

"谢谢，好极啦。"

"他使你吃苦头了吧？"护士问。

"是谁？"

"这还用说，斯古格隆德先生呗。"

"事实上，我还不认识他。"

"那你为什么在他胃里？像你这么大的孩子，我可没有听说有人会进到任何一个不认识的人的胃里去闲逛，更不必说是外国人了。"

"教授先生，我完全可以向您起誓，我是被冤枉的。"

"你是无辜的，斯古格隆德先生是无辜的，可以这样说大家都是无辜的，到底是谁有罪呢？我？瑞典国王？还是骠骑兵们？"

"您看，这我……"

"先就这样吧。你呆在那里别动。稍等一会儿让我们想想能不能为你做点什么。"

教授一边嘟嘟哝哝，一边小心翼翼地把那个微型电视针从斯古格隆德先生胃里取出来，这让他急不可待地问了一句："真的很严重吗？"

"非常严重。"

"我猜想今天我就要进诊所做手术的嘛。"

"可能是进诊所，也可能是进苦工监。这里从来不允许任何人吃了一个八岁的孩子，甚至连衣服都不剩，可现在又到一个外科大夫那儿要求把他取出来，就如从脚上拔一根刺似的，然后又要像没事人似的接着回去零售或批发木材去了。"

"对不起，是哪个孩子？"

"这儿这个！"隆德克维斯特教授听后急忙用手指头指着他的胸膛，严肃地说。

"可是我确实是在这儿。"吉普惊讶地喊了起来，"我一直都在这儿。"

教授、护士们、助手，甚至还有斯古格隆德先生都面向电视机，他们看见吉普在荧光屏的长方形光亮中生气地跺着脚呢。

"这么说，你根本没有在斯古格隆德先生的胃里呆过喽。"隆德克维斯特教授听后无奈地说，"那么你就是有意要进行庸俗的干扰。"

"我的名字是姜边罗·柄达，是在米兰掉进了自己家中的电视机里的。"

"这个是我的电视机！"隆德克维斯特吼叫了起来，"而我们这儿是斯德哥尔摩。你根本没有任何权利来打乱我的实验。你这样的行为是破坏，可能你是个间谍也说不定。"

我们谁会知道还会有哪些可怕的罪名要扣到头发蓬乱的吉普头上呢。然而就在此时，停电了，电视画面也就消失了。当电再来的时候，荧光屏白得就如一片雪景一般。再找吉普，可横找竖找，连他的一个影子、一个斑点都找不到了。

斯古格隆德先生再也不想知道隆德克维斯特教授为什么指控他得了嗜食人肉症，无奈之下摇着头不辞而去。而隆德克维斯特教授十分的生气，以至他竟忘了跟他要酬金了。

抓　贼

莱茵河边德国的一个古堡的地下室里，有两位很有名望的先生正在那里下棋，还不时抬起头来看一看他们面前的电视机。在荧光屏上，一个挂满了大衣的衣架影像微微闪动着。

影像一直都没有改变过，就像播放时中间休息似的。说来也怪，为什么在这个地方播放中间休息的时候，不是绵羊、清泉或伊特鲁立人的坟墓之类的画面，而是衣架？

关于这个问题，我觉得很有必要向各位说明一下下面几点：

1. 这两位先生的真实身份竟然是：一位是林肯教授，图书馆馆长；另一位则是检察官来克腾，本城警察官。总的来说，这两位十分有名望的人物似乎对电视的喜爱没有像对臭啤酒那般浓。

2. 德国的古城堡里，作为卓越领导人的林肯所在的图书馆就坐落在那里。

3. 出现在荧光屏上的那个衣架所在的房间，便是该图书馆的前厅，设有那个衣架。

4. 在这个前厅里，有一个相框，框里藏着一架十分精小的电视摄像机，它可以把看到的一切全部收集在镜头里，然后再把影像传送到地下室，这样做也好让林肯和来克腾心中有数。

5. 巧妙的监视方法是用来发现……

说话间，荧光屏上出现了一个从右边进入的身强力壮的年轻人。他先脱下外套，紧挨着别的大衣挂好后，接着从左边走出去了。

"还是什么都没有啊，"林肯教授说。

"还是没有什么。"来克腾检查官颠倒了林肯教授的词序证实说，"一切均无异常。"

棋赛重新开始。这时一只老鼠从旧书堆后面悄悄探出头来，然而没有引起任何人丝毫的注意。老鼠悲哀地缩了回去。

正在这时，又有两位娇小姐出现在荧光屏左边，她们走到衣架前面停了下来，随手拿下两件皮衣，中等货，却不一定是貂皮裁制的，然后往右边姗姗而去。来克腾检察官和林肯教授盯着她们，几乎没有眨眼。可谁料到当小姐们走出屏幕以后，林肯教授突然说："真甜。"

来克腾检察官若有所思地说："真可爱啊！可是这对我们来说已无任何关系了。"

"那是一定对我们毫不相干的。"教授林肯用肯定的口吻说，然后又一边不自觉地把一个卒向前进了一步。

偏偏是在这个地方，我们的吉普出现在荧光屏上了，这一突然来客使得两位棋手不得不停下了活动。

林肯说："嘿，有个小孩。"

"可真有意思。"来克腾附和道，"你看见了吗，他把鞋给脱了。卓越的教授，依您看来，他想做什么？"

林肯点头说道："这是非常重要的一条线索，也许就是他，将近15个夜晚，每个晚上都要把别人的大衣口袋狂暴地翻个底朝天，然后又从我们这个城里这幢唯一一个有百多年历史、且享有盛誉的著名图书馆从容离去。现在，我们正好可以抓住这小偷了……"

"晚上好。"吉普用意大利语说。

来克腾检察官和林肯教授听后面面相觑。"您会说意大利语？这让我很高兴。"第一个对第二个说。

"那不是您刚才说的吗？"第二个回答，"我向您发誓，我刚才真的什么都没说。"

"我也什么都没说呀。"

"请原谅，先生们，我打扰到你们了。"吉普在荧光屏里这样说，"你们能不能向我说明一下现在我在哪儿？我的名字是姜边罗？柄达，一直住在米兰赛德勃里尼大街175号内院。"

这两个优秀的橡棋手几乎同时从各自的凳子上跳了起来，然后向电视机走去。"你最好在那里呆着别动！"来克腾粗暴地命令吉普道，接着他又按了一下电铃，立刻就出现了两名武装警察。他们原本是预先埋伏在附近的一个房间里的，听见铃响，就立刻跳了出来，本想袭击小偷，并给他铐上手铐。他们扫视四周，瞧瞧下面，又看看上面，甚至他们连大衣后面也察看了一番，然后互相瞅着鼻子出神。

"笨蛋！"检查官跺着脚立着嗓门喊，"这一对蠢货，真是十足的笨蛋！瞧，那边，就在你们眼皮底下啊！你们看看你们那可悲的象鼻子前面，小偷就在那儿，根本都没藏。贼！快抓住他！"他扭过头来，对着吉普又加了一句。

“你看，弄错了。”吉普说。

“别耍赖。我们是当场逮捕你，只有贼才会害怕穿了鞋行窃会弄出声来，所以才把它脱了的。”

“可是，我脱鞋是为了可以不弄脏安乐椅，再说这样做也能更舒坦些。我来到这里绝非自己情愿的：我是一个囚犯。”

“啊，太好了！你终于承认了，你是我们的囚犯，这下可好了，案情现在有了进展。”

两位警察虽然没有看到任何人作案，但又不想忍受自己上司的恶言恶语的相向，只好无奈地用他们自己独有的方言嘟哝着一些与这案件无关的话语。

检察官来克腾紧紧追问吉普：“你快说谁教唆你来偷东西的，你把赃物都藏在哪里去了？就你现在这样子，说什么也得让你的父母上缴，为了能当场抓住你被迫安装的电视特别装置。”

一听见别人提到他的父母，吉普极度激动，后来竟突然哭了。

来克腾检察官神气十足地叫喊：“哭！这就是你的坦白。”

不过林肯教授可不是这么看：“请等一下，卓越而敬爱的检察官先生。贼，应该是这个图书馆的常客，你说我说得对吗？而我可以肯定，而且完全可以肯定，在这之前我从没有见过这个小孩。不仅如此，我自己也是位父亲、祖父，我了解孩子们：不过我自己也不能十分清晰地解释为什么鞋子不在脚上，但从这个孩子的神情上，卓越的先生，这神情不能让我认为他犯了第七条规矩。”继而他又转向吉普问，“你到底从哪来？”

“这正是我想知道的。不过依我看来，这个孩子很有可能是在这架电视机里。”

“你难道不是在一间前厅里？而且也没看见很多大衣挂在那儿啊？”

“见倒是见到了，不过恕我直言，那些都只是电视中的大衣。不知道我解释得是不是正确：你所看到的只是些影像。我在屏幕里，这么说您能明白吗？”

“这就对了，通常孩子纯洁得像一池泉水一样。你赶快检查一下电路，有些电线应该是接错了位置。”林肯转向来克腾下结论。

林肯教授似乎还想说些什么，但被突然打断了。在荧光屏上出现了一个仪态威严、满头灰发的老先生，他披上大衣又戴上帽子后，小心地扫视了几眼四周，然后迅速地摸进了别人的大衣兜，又把东西装进自己的口袋里。每一次他总能找到些很有价值的东西。

这一次，来克腾检察官什么话都没说，及时按响了电铃，早就隐蔽好了的警察从隐蔽处冲了出来。本来那个贼企图窃完悄悄溜走的，哪知已被警察团团围住，仅仅几声吆喝，就使他狼狈不堪了。

后来，在荧光屏上就只剩下了小吉普和那些无动于衷的大衣了。在电视机前面，来克腾检察官和林肯教授很难为情地在各自的光头上抠痒痒。"如此说，你是个米兰人了。"林肯发表言论，"米兰可是一座美丽的城市：那里有教堂、甜面包，还有最后晚餐厅什么的。我非常熟悉，非常熟悉。"

"可是您并不认识我爸爸。"吉普不无遗憾地说，"他就只信我鄂嬷大姨的话。她非得说我从家里逃走是因为害怕将成绩单拿给爸爸看，您不知道，我的算术成绩太差了。"

"算术成绩太差？这听起来好吓人。在 20 世纪里，就连最简单的机器都能算！这样惹人喜爱的科学到底什么地方让你感到困难呢？我想可能是除法吧！"

"不是，其实主要是那些等量概念，在我听起来差不多。喏，您看哪，什么百升呀百米呀，简直都把我弄糊涂了。我总记不清这两个之间的哪一个是用来衡量顾客买了多少酒的，而哪一个又是衡量从巴列塔到巴里的路程的。"吉普一口气把他憋在心里的话说完。

"可怕，可怕。"林肯教授用意大利语嘟哝着，最后用德语补了一句："真是太可怕了！"

来克腾认为这件事情很可叹，他本人也曾有一个弄不清十进位法的儿子，就为这他大伤过脑筋。这事让他深深领会到一个道理：不切实际地强迫孩子去做其力所不及的事根本就是非常愚蠢。最后，来克腾和林肯竟忘掉了庆祝一下他们刚刚侦察活动取得的骄人成果，现在他们反倒津津乐道地向吉普解释起长度和容积来了，还把相对关系和进位写在了检察官的笔记本上。但等到需要把 10 厘米分改成 10 米的时候，他们之间竟开始了一场辩论，后来演变成争吵，他们便把吉普忘得一干二净。

最后，他们相互妥协，争论结束了。可当林肯和来克腾抬头再看电视机时，一下子他们被惊得目瞪口呆，吉普已经不见了。

土星人也讲拉丁文？

在一连 24 个小时内，吉普跟随着电波，从这一条电路又跳到另一条电路，再从一个电网射向另一个电网，简直就像一粒弹子从这边冲到那边，然后又从那边返向另一边，却又始终不能掉进他该去的小孔一样，时时刻刻也不能安静下来。他随着电波越飞越远，显现的次数也越来越多，一直就那样飞往世界的最远方。

清晨刚过七点，离马赛港较远的地方，"梅莱迪娜"巡洋舰运送到现场的法国和意大利的潜水员、技师和蛙人们正把一种特制的小型电视摄影装置投入到了海底，让其能完成一项对罗马沉船残骸考察的特殊使命。这只装满葡萄酒和油的船于罗马帝国"特拉亚诺"时代沉没了，不久之前刚被一个潜水的渔民发现了。

法国电视台和意大利电视台的技术员们此时在"梅莱迪娜"巡洋舰司令台上愉悦地工作着，他们一会儿追逐着一条肥大的鲈鱼，使人们从荧光屏上可以欣赏到正在逃脱的这条鱼；一会儿又换成双髻鲛，摄影师正停在那里死盯着镜头，不过看上去似乎正在用它的小手和技术员们打招呼，可是又好像那些知道自己的光头即将要出现于荧光屏的赞赏家一样，态度如此严肃而认真。

喏，现在看到的就是古老的船架子，在几乎 2000 年的时间里，一波一波的海浪一直守护着它，在海底深处如摇篮般地温柔地摇着它，轻易地瞒过了子孙后代的好奇追捕。看，潜水员们身穿潜水衣，戴着有放大镜的潜水专用帽，穿过船底那个非常大的破口进到神秘的船舱，船舱里排放着近千个盛酒用的两耳瓶，很有可能在某个皇帝的酒房里也放着同样的东西呢！可是谁能料到突然间，吉普那被水的微波弄得几乎变形的脸颊闯进了他们的电视屏幕。在"梅莱迪娜"舰上等待着的评论家们因为这一突然事件像点了火的礼花一样，瞬间就炸开了：

"你们快看！"

"还是个孩子呢！"

"老实说，通常情况下，那些淹死鬼的面部表情都不是像他那样轻松自然的呀！"

"或许是个美人鱼的儿子吧。"其中一个诙谐地说。

"不是吧，如果是的话，那应该在穿袜子的地方长个尾巴呀。"一个人不服气地问。

吉普，就像刚才那样突然出现又猝然消失了。过了好一会儿，潜水员们又重新浮上水面，他们起誓说，在水底下，他们只看见很多很多奇怪的鱼，还有粘着满是介贝的古老器具和那艘残破不堪的罗马船。

早晨八点左右，在埃及，苏伊士运河繁忙极了，各式各样的船只正来来往往地驶过狭长的河段，地图上画出来的那条如肠子般细长的东西，而它连接着地中海和红海。所有活动都按照设在运河入口处的领港室下达的命令行事。在这河上唯一的房子里，通过许多设在两岸的电视摄影机，整个运河就可以被尽收眼底了。

这天刚过八点，领港员阿曼德突然发现他的电视屏幕上飞过了一个十分奇怪的物体。他看到一个神情古怪又贼头贼脑的男孩，刚刚还在"埃诺西斯"号希腊汽船上玩耍，怎么现在又不可思议地在"斯比诺扎"荷兰油船的甲板上出现了？而且他又可以从那里不费吹灰之力地跃到了另一条装满牛的大船上去呢？

"这根本不可能！"阿曼德一边揉着眼睛，一边自言自语道，"绝对不可能发生，简直就像一名海盗从一条船跳到另一条船上去。这是不被允许的。"

吉普的影像在一条十分豪华的船上的船篷之间的舞池中停了一小会儿，就又不见踪影了。阿曼德立刻拿起电话打给柜台要了一杯极浓的咖啡，然后对自己喃喃地说："昨晚我肯定没有睡好，要不怎么会在这做白日梦呢。"那位埃及领港员就这样得出了结论。

而这边在南斯拉夫，一位守林人当时正端坐在他舒适的茅草棚里的安乐椅上，身后暖烘烘的壁炉，嘴里叼着烟袋，自在逍遥地看着电视。他的任务是看护这一大片森林，一发现任何细微的火情现象时，就立刻发出警报。但是，有一点就是，在一月份，森林是十分不容易着火的。另一点，自从有了电视机这东西后，他用不着离开自己的茅棚一步就能很好地完成工作了，因为他只要通过电视机，就可以检查整个林区的每个角落，连烟袋都不必放下。

几分钟之后，他突然发现他的电视机里吉普正睁大了双眼打量自己呢，他情不自禁地取下烟管，惊讶得张大了嘴，烟杆就横斜着溜了下来。这位厚道人自然认为这孩子定是林中顽童，他很久以前就不再相信童话故事了。不过，他仍然认为他有必要喝一大杯白兰地，借此来壮壮胆。可谁知一转眼，吉普竟从他的电视机里消失了。

吉普一会儿隐隐地出现在一个暖炉的熊熊烈火中，可不一会儿他又来到了一家工矿的通道深处，明明刚刚还在一座监牢过道上穿过，一眨眼间他又在一家银行的保险柜里呆着了。他到处游，无论是正常的电视网还是闭路电视，他都会无奈地飞过去跃过来，突然闯入其中。例如苏联的电视戏剧、丹麦的电视音乐会、加拿大的电视评论等，他都会不邀而至。甚至他还到了美国，竟在一张长桌上跳起舞来，桌旁当时正围坐着五位专家在讨论税收的有关问题；到了中国就更有意思了，他跑到电视机里竟然还参加了当时的杂技表演呢。

夜幕笼罩大地，英国焦德雷尔班克天文台里天文学家们将无线电望远镜对准土星，打开荧光屏，希望借此他们可以清楚观察到行星和它的光环。哪知道他们在那土星上竟发现了一个人正在走动，那个人如果不是吉普才怪呢。可是天文学家们乍一看见，差点都以为自己发现了迄今为止第一个地球以外的、从未在人类面前出现过的外星人呢。可后来吉普对他们说了声："祝你平安！"

"这倒很有意思啊。"莫尔根博士感叹说，"这还是一个会讲拉丁文的土星人啊！"

当吉普快要消失的时候，莫尔根博士应该问候的话已经到嘴边了，博士深吸一口气说："这一定又是波英特尔博士惯玩的小戏法。"

他也不甘落后，他急忙抄起电话，通知了波英特尔博士，说他已被海军上将奈尔松邀请去吃晚宴，并按照惯例穿上了时髦的晚礼服，还特意整理了下他那八字髭。

一个孩子顶三个月亮

当吉普消失了一刻钟后，柄达家同时进来了一个电视台官员，还有公安司长，他们想对这一奇怪事件进行一下初步调查。当他们一跨进门，就看见柄达夫人在哭哭啼啼；而菲列浦躺在一把椅子上；大姨呢，双手托着一叠床前小地毯准备离开；再看看柄达先生，你猜猜怎么着？他正跟勃罗斯拜里律师闲扯呢，因为律师坚持要将自己的电视机拿回家去。

"哎，您怎么就不明白，吉普随时都可能会回来，可是又要如何知道他会从哪台电视屏幕回来呢？"会计向律师哀求说。

"如果他在我的电视上出现，我会立刻通知你们的。"律师担保说，"不过依我看，事情或许并不像您想象的那样。您的吉普，可能今天晚上也不会在节目中显露了。您看过《无线电邮报》吗？在全欧电视节目结束后，就是关于荷兰芹在菜汤里使用的讨论。要知道，那是我唯一感兴趣的节目了，我还得一边听一边作记录呢。"

"哦，是这样。这些，即使在这儿您也同样能办到。咬，您瞧，在我看来这把安乐椅已是足够舒服的了。"

"不，先生。我也有一把，但比这更舒服，而且整个全用黑皮包着。下面还有一把小椅子，把双脚往上一放，可美了。到了一定时候，说真的，我可不知道您会怎么样，反正我要上床去睡觉了。"

"那是自然呀，很可能还要把电视关了。"

"那当然啰。"律师自然地说。

"别，还是别关吧，这样吉普怎么回来呀。"

"一整晚都开着?"

"如果有必要的话,我希望是这样。我们可以轮流看着。"

"想得可美!不,没有什么可说的,在开始讨论前,我要把它带回家才行。"

正在他们争吵不休的时候,公安司长柔和地插了进来。他说柄达会计说得有道理,就为这勃罗斯拜里律师就应该收兵,但是,走前,律师向他们提出了强烈的抗议。

调查开始,但很快就告结束。因为无论电视台官员还是公安司长,他们不知道该从何处下手。他们认为,这是个新问题,一个奇怪的问题,但从某种意义来说又是因为如此的神秘而感到不可思议。

"不过好像曾经也已经发生过类似的事件了,我认为是在罗大里的一篇文章中。"柄达会计坚持自己的观点,"那次,大夫甚至还给这种奇怪的病取了个怪名,要是我没有记错的话,好像称之为'电视炎'。"

"亲爱的,这些都是虚构的。完全是新闻虚构,这是夸张。有时,你要知道记者们为了让文章更吸引人,就无视用字分寸了。"

为了证实电视官员这个重要推断,公安司长也向大家讲了一个记者怎么样细致入微地描述比萨斜塔偷盗事件:"可你们知道吗?他还虚构了一个专门偷盗历史古迹的集团,一点一滴地把比萨斜塔运走的故事。

就为这,整个意大利都噪动起来了。可是要证实这条消息是虚假的且怀有恶意是非常容易的,只需要向公众出示一张很简单的明信片,就可以证实现在的比萨斜塔仍在原位。在这样做了以后,噪动之声会很自然地自行消失,然而这后果就是所有的人开始批评警察当局。"

公安司长的说法确实冗长了些,因为这段时间鄂嬷大姨已把各房间的小地毯都布置完毕了。环视了一圈以后,她就开始对其他人发号施令了:首先她命令柄达夫人将菲列浦抱到床上去,又要求会计将热水袋贴在肚子上,用来平气安神,而对于客人们,她强制他们一定要喝完一瓶自酿的酒不可。一切都安排停当后,她拿起笔和纸,安排了当天的夜间值班表。

全欧电视节目都结束了。而关于荷兰芹的一番讨论一结束,一位漂亮的主持人向大家道了晚安就消失了。可是我们的小吉普并没有出现。

相反，第二天清晨，一个十分热心的门童手臂上不同寻常地挟着几家主要报刊，都纷纷在第一版上用十分醒目的黑体字写着骇人听闻的标题，并写道：

电视机屏幕想不想归还它所掠去的人?!

罪大恶极的第一频道！

八岁孩童不幸被电视机吞食！

吉普快回到你的天线上来！

一伙电视强徒使整个城市发生恐怖！

但是文章远没有像标题那样有吸引力，对事实情况也有各种不同说法。吉普，在这家报纸被描写成一个"气质如天使的金发婴儿"，一会儿又在另一家被说成是一个"不会让邻居家的门铃有片刻安静的顽童。"

一家报纸更加暗示勃罗斯拜里大律师该明白：归根结底，那架犯了罪的电视机是他的。而据另一家报纸报道，跌入电视机这件事根本就是警方有意捏造，事实上，那个孩子是被地球以外的生物绑架了，这种生物极有可能就是火星人。如果这样那可太危险啦，因为他们是隐形的。

"隐形的！"鄂嬷大姨嘟哝着气愤地把报纸扔进了垃圾桶，"我要让那些记者们全变成隐形的。"

各家晚报也陆续刊登了有关吉普的轰动消息。但很容易被一眼识破是"假消息"，仅仅有两家晚报说法是一致的。一家报纸肯定地说吉普曾在瑞典出现过，另一家断言有人在荷兰见过他，第三家则提到了苏伊士运河的事。

"让我来为那些人讲讲苏伊士运河的事吧！"鄂嬷大姨尖声地嚷嚷着，"新闻记者们，我想你们的活动该停止了！"

连续守了两个晚上，一直到第三天早晨，门童又手拿晨报来敲门，鄂嬷大姨一见他送报刊来，就当面"砰"的一声把门给关上了。

"别再将那些破玩意送来了！"她气愤不已地大声叫喊，"这个家里，以后再也不允许带进任何印刷制品，即使是卖水果的小贩们装豆角的纸口袋都不行。"

"哎，等等。您还不知道是什么消息吧？"

"什么消息不消息的。滚，给我滚，滚！"

"您不看？这些报纸上可什么都有，他们可正在帮您找吉普。是这样……上面印着，叫什么……

"什么叫什么的？"

"亲爱的夫人，这事您可别问我呀，我才认得几个字啊？这对我来说太困难啦。哦，是这样，我想起来啦，说是叫做烟火，只不过并不是真正的火。您看啊，您觉得怎样？而且这里解释得很详细哩，有许多好兆头呢。"

鄂嬷大姨听后一把夺过那包报刊，忧心忡忡地把它们送到柄达会计手中。会计正守坐在电视机前等着消息，因为今天在他上班之前应该是他当班看守。

菲列浦拿到了一份报刊，但是他只仅仅认识几个元音，而且还一定要是大写的才行。每当他看到他认识的字时，他就兴高采烈地念起来。

柄达会计也同时发现了一条重大消息：

一位年轻的日本科学家山中博士，在再三思索这个事件后，得到了一个非同寻常的结论：吉普在跃进电视机后，变成了电磁波以这样的形式在空间以波的速度旅行，一秒之内可环游地球七圈。如果是这样他比加加林、格伦、季托夫、卡彭特他们都强多了。

吉普波在旅行中不时被电视网、单一的电视机、闭路电视在世界的各个地方收到了。

"可是可爱的山中博士，吉普波为什么会首先钻到隆德克维斯特教授的如别针似的微型电视摄影机里去呢？"

"或许在那天晚上，当欧洲所有的电视节目全都播送结束后，只有电视别针还继续在工作（千真万确：我们的隆德克维斯特教授就是喜爱在夜间做他的手术）。非常荣幸的吉普波啊，"山中博士微笑着又加了一句，"他可以借助广泛使用的电视机，结识一些不相识而又可敬的公众。"

"有没有可能让吉普波停止运动，以使吉普那孩子回到现实来呢？"

"先生们，尊敬的女士们，这当然可以了。但必须联系世界上所有电视台，规定出一个统一的节目。这种情况下，吉普波会被迫出现，然后，我们的愿望就会实现了。"

"让世界上所有的电视机统一播放同一个节目？"

"是的，先生们，就是这样，尊敬的女士们。就为了这一目的，当然需要发射至少三颗人造卫星，仅这一点，所有的科学家很久以前就明白了。"

"什么？仅仅为了一个孩子竟要斥巨资发射三个月亮？"

"是的，先生们，就是这样，可敬的先生、女士们：三个月亮，三个。一个孩子难道不比三个月亮更有价值吗？难道不比 300 个月亮、30万个乃至 100 万个洲际导弹更值得吗？"

加利波里、加利利和吉普

当天下午，罗马时间 13 点差 10 秒时，在位于撒丁岛的一个人造卫星发射基地上，故事中先前提出的意大利第一个人造卫星正等着被发向太空，进入预备轨道。加利波里一号已经做好所有准备，进行着预定的科学试验。但政府却不顾其他毫不犹豫地指定这颗卫星执行被报纸称之为"吉普行动方案"的使命。此时此刻，基地的指挥大厅内，诺切拉教授一边把他的一个指头按在发信号的电铃按钮上，一边听着由高音喇叭中一字一句的清晰的倒数的几个数：

"十……九……八……七……"

离首都莫斯科不多远的地方，也有一个这样的发射基地。15 点差 10秒的时候，一个火箭顶端的卫星也已就位待发。苏联政府指示其行使"吉普行动方案"，并为它洗礼，称其为"加利利"。现在马克西姆?彼得罗夫教授的手指也已按在按钮上。高音喇叭中的俄语数字铿锵有力：

"十……九……八……七……"

美国肯尼迪角基地上，时针刚好指在早晨 6 点差 10 秒的时候，布朗教授。美国政府贡献的卫星被称为吉普，那是个愉快轻松而又美好的名字，从高音喇叭中放出的数字是英文的，但听起来却特别亲切，给人一种近乎节日的气氛：

"十……九……八……七……"

一接到共同联络信号，加利利、加利波里和吉普卫星"嗖"一声就在不同位置飞入天空同一轨道。

至少全世界有上百种语言的百万人（他们之中的很多人也整晚没睡，原因你们知道得也很清楚，因为当这边是白天时，那儿就是夜间）在他们各自的电视机前关注着。讲解员激动的声调，描绘着"吉普行动方案"的每个阶段。

"注意啦，注意。你们正在收看的是宇宙电视。将世界上所有电视台互相连结起来。一会儿电波中会出现夏洛特的影像。在三颗人造卫星上安装的信号重复器会把影像发射到地球表面，影像会同时在东京电视机里，在罗马电视机里，在莫斯科的，纽约的，在亚洲、澳洲、非洲和其他所有地方的电视机中出现。"

是的。地球上所有的居民（如果他们可以有一台电视机，他们只要没有上床睡觉，当然这是前提，谁都知道）在同一时间内看到夏洛特的影像和他有名的像两只蟋蟀在跳动的小髭……但时间不会很久，人们将看见他的消失，取而代之的会是……说曹操，曹操就到。看，吉普到了。他的神态古怪又好奇，他的大毛衣显然有点脏，小裤儿也甩到了一边，一双袜子……

"一只袜子上还有一个洞！"鄂嬷大姨大喊了起来，她的喊声压倒了挤在柄达家满满一房间人的呼喊万岁声。

"妙！妙！真是妙极了！"菲列浦尖叫着，只有勃罗斯拜里律师一人急忙地向大家指出："我的电视机里，吉普看起来好多了，显得更自然、轻快而又活泼。"

"注意啦！注意！"讲解员又提高了嗓门，"现在诺切拉教授要和姜边罗·柄达谈话。"

科学家带着严肃又激动的声调：

"吉普，我们看到你了。你如果能听见我们的话，就回答。地球在呼叫吉普。地球在呼叫吉普。"

　　刚等了一小会儿就有了回信:

　　"我听得清楚。"他铃声般的童音在回答,"我能听到,可是看不见。这儿有一台电视机,不过在那里只能看见我自己的脸。"

　　"喔,难道你不在电视机里?"

　　"嗯,不在啦!非常感谢大家,这事已解决了。我很幸运,已经从那里出来了。"

　　"你能解释一下,你现在究竟在哪儿。"

　　"这可有点困难哪。在一分钟以前,我还在……哦,我已记不起来是在芬兰还是在摩洛哥了。现在嘛,等我看看。喔,对了,我在一间特别小的房间里。这里有一台我刚才说过的电视机,一堆器具,哦,还有……嘿,真奇怪!一只飞猫。至少像被挂在一只小汽球上飘浮在空气中似的。天啊,瞧,我也飘起来了,就像那次跌进电视机里时一样。但是现在我并没有掉进去。看来我已经学会了飞檐走壁、腾云驾雾啦……"

　　诺切拉教授大声说:"吉普,在你右方是不是有个小窗口。你看着外面,然后把你看到的东西告诉我们。"

　　"妈妈,多漂亮的球呀,如果我没说错的话,那一定是地球!……看它还在旋转。在我下面,海里有许多岛屿,不过不好的是并没有像地理图上那般标上名字,那谁能知道是些什么岛!小飞猫,你过来,快过来看看。哎,对了,还没问你的名字呢,小飞猫。"

　　"它叫'加利波里一号',孩子,和你现在搭乘的人造卫星同名。"

　　"唷,那我不是成了宇宙孩子?"

　　"你是意大利的第一个宇航员呐。"

　　"嗯,不过第一个或许是猫吧。当我来这的时候,它早已经在这儿了。不过顺便问一下,我为什么会到这儿来呢?"

　　"这一切都是因为电磁波。你掉进了那台人造卫星的电视机中,又从那里跳出来,这也许是由于宇宙射线的作用吧。"

　　"宇宙线,电磁波……谁知道都是什么玩意儿?看来除了学相等性以外,我还很有必要再学一学这门知识了。不过现在我要问候妈妈,您能看到我吗?能听到我的声音吗?"

"可以，整个地球都在看你了，吉普。"

"整个地球的人也太多了。妈妈您好，爸爸您好，菲列普您好，鄂嬷大姨您好，勃罗斯拜里律师祝您愉快。"

"你这个小滑头。"律师一边红着脸惊讶地说，一边自豪而又激动地环视四周，"他为什么会猜到我也在这儿呢？"

吉普继续说："希望我能快些回来，哪怕一直到现在我的保护人勃罗斯拜里律师的责罚仍然在等待着我，我都不怕。我的外出完全非我所愿的。"

"听见了吧，这就是他牢牢记住您的原因了。"鄂嬷大姨狠狠地瞪了律师一眼。

"注意啦吉普！"诺切拉教授接着说，"一会儿，我们会让人造卫星重新回到大气层，这样好把你接回来。你不要担心，一切会很顺利的。不过在我们切断联系前，你向电视机前的观众们致意吧。你有许多观众：苏联人、美国人、意大利人、德国人、英国人、中国人、法国人、非洲人……勇敢点，快讲呀。"

吉普挠了挠脑袋，然后又做了个鬼脸说："好的。你们好，晚上好。虽然我不能看见你们，但我非常感谢你们，你们都是那般可爱。现在我要回去了。小飞猫，你也来跟大家告别吧。谢谢大家，再见，我走了。"

又过了几分钟，宇宙电视完全消失了。就在那段时间里，无论是黑种人、白种人还是黄种人，也无论是幸福的人还是不幸福的人，他们仍继续密切地观注着宇宙航线上那个和猫猫玩耍的孩子的影像。

成百上千的记者在他们的报导一开头就写道："从吉普那张微笑的脸上，"百分之九十九的新闻记者们则是这样写的："我们看到了我们古老的行星——地球的快乐美好、和平吉祥的明天。"

另外百分之一的新闻记者们则写了同样的句子，只是将微笑两字改成了愉快。

猫妈妈

　　在 1 月 19 日 15 点半时，只有极少数罗马人还没有呆在自家或咖啡馆的收音机、电视机旁，等待吉普从天归来的消息。在这小部分人中，只有极少数人在高里塞斗兽场附近为自己或别人的事情而忙碌。这极少数人中，有一个小老太太手挽竹篮，里面装着许多的纸口袋，而每个纸袋里都装满了内脏、鱼头、奶酪皮和一些厨房间用剩的食材。

　　这位有趣的老太太在她所住的这个城区里是位出了名的猫妈妈，而那时候，她正要把那些肴馔给那些流浪猫送去。猫喜欢呆在古罗马广场上。它们真会选地方，在那里可以晒着太阳，眯缝眼看着行人，成天懒洋洋地过日子。完全不用操心去抓老鼠来填饱肚子，因为会有许多有趣的太太、先生们会整天为它们的食谱奔忙，到时，他们或她们就准会用那大大小小、许许多多的纸包着很多好吃的东西前来喂它们，让它们长得胖乎乎的，那看起来多好玩哪。

　　"今天会不会下雨？"当猫妈妈看见一块黑影突然从人行横道上飘过时，她就立刻这样自己问自己。为了证实自己的看法，她抬头看着空中。"一朵云？天啊，不是，倒是一具降落伞！难道，发生战争啦？"

　　一只巨大的绿伞从蓝天徐徐而降，吊在降落伞下的一只奇妙的小船随风飘荡着。

　　"不对吧。"善良的老太太再三思考着，"如果有战事的话，那么降落伞会有成千上万个，绝不会只有一个呀。是的，一定不会。"

　　降落伞不偏不斜朝高里塞下落。

　　"我则要去看看。"猫妈妈果断地说，"我的猫咪们定会耐心地等我一会儿的。"

　　她以她穿的那双旧靴子能承受的最快速度穿过广场，钻进高里塞斗兽场里的一扇拱门，跑到了栏杆处。这栏杆恰好及时把戏场包围了起来，让奇妙的小船平安着陆。小船已停在了看台脚下这里曾是古代皇帝进入史书之前的看戏之所。

瞧，小船自动开了，并且从里面还跳出了个小孩。

"喂！"猫妈妈嚷嚷。

"太太，您好。"吉普一边回答，一边直向她奔来。

"你干吗光着脚兜圈子？"老太太问他。

"这儿就是高里塞斗兽场吗？"吉普回答了她。

"好的。你可千万留神别掉进它的地下室去。"

"不用担心，反正里面现在也没有狮子。"

"哎，我问你，他们将孩子们用降落伞送来这附近是为什么？"

"太太，这么说您还没有看电视啰？"

"是的。"

吉普显得不太高兴。心想真倒霉，从宇宙来到这里，怎么会这么巧，竟着陆到这个什么也不知道的老太太附近，也只有她，会对这水陆组成的地球发生的事情一无所知。

"对不起，亲爱的夫人，我要把我的到来告诉别人，否则谁要找我就不好找了。"说完，他直奔出口跑去。

猫妈妈没有理他。"咪咪，咪咪哟，"她用甜蜜的温柔声呼喊着，"过来，小猫咪，到你妈妈这儿来。"

小飞船从奇妙的宇宙小舟上，"加利波里一号"终于下来了。它原来是一只猫，撒丁基地的科学家们将它放进人造卫星里，旨在研究它的各种变化。"加利波里一号"惊慌地四下张望着。

"喂，小猫咪，这里是斗兽场，罗马最有名的高里塞。看起来你倒是一只外乡猫啰。不过没关系，你可爱的妈妈我这儿有一样好东西，你快闻闻，好东西就在里头呢。"

是的，"加利波里一号"确实是只外乡猫，不过它同样是有鼻子的：它也对这个有趣的太太的篮子非常感兴趣。

同时，出口处，吉普的美梦却变成了惊恐。一群人正迅速向高里塞拥来。据最新消息报道，一艘太空船已经降落在那里。成百上千的人跑呀，喊呀，千方百计都想钻到电视机上去，钻到新闻记者或摄影家前争抢镜头；有的却奔向政府代表、市府官员和外交使团。在首都的每个角落，爆发出阵阵震耳欲聋的嘈杂声：鸣笛、敲钟、放礼炮，什么都用上来了。

"他们这是要把我压扁吗，"吉普想，"连袜子都不给我留下。还是赶快逃吧。"那只在"加利波里一号"里的猫吓了一大跳，见势不妙，转身，像箭一样就折回钻进了高里塞拱门去了，一纵身跳到了奇妙的小船旁，再一跃便钻到了里面，进口遂自动锁上了。

"加利波里一号"旁边的那个有趣的老太太，那时正高高兴兴地把那些山珍海味摊开，准备请她的宝贝小猫咪享享口福。

"慢一点，老天啊！"猫妈妈冲着拥来的前几批人大声喝道，"慢一点，别急！"

还好有个摄影家认出了那只太空猫，及时向人们发出警告，救了它的性命也同时保护了它的佳馔。而小吉普，在人群中间已挤得人事不省了。"他的双眼都闭上了……是昏过去了……啊不好，是死了！……普，快醒醒啊，吉普！整个意大利还向你欢呼呢……"

"这样吧，你们首先要平静下来，我们然后再谈。不过，这周围不要有电视摄影机，否则一对准我，又要让我光着双脚去旅行了。"吉普喃喃说。

急性人急忙用力分开众人，把他托起来，又在阵阵噪声中把他高高举过了头顶：

"起开！起开！必须立刻把他送往医院。你们赶紧去叫一辆救护车来。"

高里塞广场上至少有二百辆救护车，车的喇叭野狼般的咆哮足以唤醒至少一打昏迷的宇航员，但是不是吉普。听到救护车驱散开庆贺者驶到他身旁时，吉普微微睁开了一只眼，确认周围没有电视摄影机会吞没他以后，才睁开了他的另一只眼，并嘿嘿地笑了起来。医生们、海军上将、部长们、理发师、摄影家。总之，几十种不同职务的人不知怎的齐登上了救护车，向他致贺辞。吉普乘机说："如果有火车去米兰，请你们把我送到车站。"

高里塞的人群已经烟消云散。空旷的广场上，也只留下猫妈妈自己了。被当局和新闻界遗忘了的"加利波里一号"里的猫同样显得十分高兴。如此美滋滋地饱餐一顿，使它娇柔得连尾巴都不想动一下了。

为了带它回家，那位有趣的小老太太只好将它抱在怀里。